한국의 독자들을 만나게 되어
매우 기쁘고,
또한 영광입니다.
호칸 네세르

INTRIGO

호칸 네세르는 흥미로운 음모를 꾸미는 데 탁월하다. 그는 지난 수십 년 동안에 걸쳐 등장한 스웨덴의 뛰어난 작가 중에서도 가장 빛나는 스타다. '인트리고(INTRIGO)'가 그 증거다.
-Östgöta Correspondenten, 스웨덴

그의 작품들은 스칸디나비아에서 만날 수 있는 최고의 미스터리 소설이다. 드라마적으로 세련된 구성, 단순하지 않은 캐릭터, 심리적으로도 매우 의미심장하다. -Literarische Welt, 독일

호칸 네세르의 작품은 미스터리 소설을 좋아하지 않더라도 읽을 수 있는 소설이다. 그의 스타일은 모든 장르의 벽을 뛰어넘는다. 이것은 심리적인 걸작 그 이상이다. 나는 더 이상 말하지 않겠다. 해피 독서! -Trönderavisa, 노르웨이

호칸 네세르의 스타일은 직선적이고 명확하다. 캐릭터는 실제 인간의 요소로 가득하기 때문에 신뢰할 수 있다. -l'Unità, 이탈리아

호칸 네세르는 작가이면서 철학자다. 그 누구도 더 많은 수수께끼, 문학, 야심을 쓰지 못한다.
-Alles over boeken en schrijvers, 네덜란드

이야기는 신비스럽고 스릴 넘치는 미묘함을 지니고 있다. 매우 분위기가 뛰어나며, 놀랍도록 비꼬는 이야기로 가득하다. 참으로 놀라운 독서 경험이다.
-Der Kultur Blog, 독일

이 컬렉션은 스웨덴 미스터리 소설의 대가 호칸 네세르가 문학의 장인으로서의 탁월함과 짧은 형식의 스릴로 가득 찬 복잡한 그림을 처리할 수 있는 능력이 뛰어남을 증명한다. 네세르는 놀라운 음모로 이어지는 다양한 음모를 통해 독자에게 확실한 지침을 제시한다. '인트리고(INTRIGO)'는 하드 코어 호칸 네세르 팬들에게 잘 맞을 뿐만 아니라 훌륭한 저작자라는 자부심도 크게 작용할 것이다. -BTJ, 스웨덴

당신이 호칸 네세르의 팬이라면 분명 '인트리고(INTRIGO)'를 좋아할 것이다.
-Metro, 스웨덴

작가 호칸 네세르는 스웨덴의 어느 작가보다도 더 흥미진진하고, 의미심장한 미스터리와 문학성을 지녔다. -Brigitte, 독일

북유럽 미스터리 소설의 거장

호칸 네세르

흥미진진한 사건이 수면 위로 떠오르지만, 그 아래 보다 더 위협적인 요소가 드러난다. 어두운 밤을 위한 선택!
–Frankfurter Rundschau, 독일

스웨덴 빈티지 범죄! –Fredrik Wandrup, Dagbladet, 노르웨이

절대적으로 탁월한 작가 호칸 네세르. 네세르는 경쟁과 이환율을 묘사하는 방식이 나비처럼 가벼우며 단단히 꾸민다. 네세르와 마찬가지로, 항상 독자는 그의 결정적인 논리에도 불구하고 줄거리가 어디에서 진행되고 있는지 측정할 수 없다. –Motala & Vadstena Tidning, 스웨덴

첫 번째 페이지에서 호칸 네세르라는 것을 알았다.
–Göteborgs-Posten, 스웨덴

'인트리고(INTRIGO)'에 새로 소개되는 소설 〈톰(TOM)〉은 아주 새롭고, 불길한 기운이 정신을 쏙 뺀다. …펼쳐지는 음모는 우아하고 꾸준한 논리를 따른다.
–Dagens Nyheter, 스웨덴

호칸 네세르가 복잡한 음모를 꾸미며 사건을 전개한다는 것은 알고 있을 것이다. 그의 소설은 죄책감, 보복과 비밀 같은 주제를 중심으로 멋지게 회전한다. 호칸 네세르를 아는 사람이라면 무엇보다 〈톰〉, 우아하게 쓰여진 이 이야기를 기대하고 있을 것이다. …집약적이고 축약된 줄거리가 또 하나의 놀라움을 전달하고, 우아하게 비꼬는 말로 끝난다. –Ölandsbladet, 스웨덴

〈디어 아그네스〉는 극도로 유혹적이며 놀라운 반전의 작품이다.
–Helsingborgs Dagbladet, 스웨덴

두 주인공이 주고받는 편지가 주축이 되는 〈디어 아그네스〉는 심리적 긴장감과 추리의 수수께끼로 스웨덴 미스터리 소설의 최고 수준을 보여 준다.
–Norrkopings Tidningar, 스웨덴

〈디어 아그네스〉, 잔잔한 톤의 진행은 표면의 편안함을 조금씩 깎아내는 데 효과적이다. 반전의 엔딩은 독자가 느낄 수는 있지만 정확히는 알 수 없는, 놀라운 것이다. 놀라울 정도의 정확함으로 인간 심리의 어두운 면을 명중시킨다.
–Dagens Industri, 스웨덴

INTRIGO
디어 아그네스
DEAR AGNES

INTRIGO

디어 아그네스

DEAR AGNES

호칸 네세르 소설 ㅣ 김진아 옮김

대원사

죽어야 끝나는 삼각관계.

학교 졸업 후

수십 년간 연락이 끊겼던 아그네스와 헤니는

아그네스 남편의 장례식에서 다시 만난다.

조심스럽게 편지를 주고받으며 다시 연락하게 된 그들은
편지 속에서 자신의 비밀을 털어놓으며 가까워지지만
어느새 위험천만한 음모 속으로
한 걸음씩 걸어 들어간다.

장례식은 전반적으로 무난하게 진행됐다.

아침에는 흐린 하늘에 바람 한 점 없이 우중충한 날씨였지만 막상 묘지 앞에 이르니 해가 나와 노랗게 물든 버드나무 가지 위로 긴 빛줄기를 드리웠다.

에리히가 좋아했을 법한 날이다. 하늘이 높아지고 코끝에 쌔한 기운이 느껴지는 가을날, 청명하지만 춥지 않은 공기.

몰나르 쪽으로 넓게 펼쳐진 들판은 이미 추수를 끝냈지만 땅을 갈아엎지 않은 상태다. 농부 하나가 들판에 불을 놓고 있었다.

담당 신부님은 금발 머리에 키가 크고 비쩍 마른, 이름은 실데르마크였다. 물론 사전에 장례 절차에 대한 얘기를 나누느라 만난 적은 있다. 새로 부임해 온 이 신부님은 척추에 무슨 문제가 있는지 몸을 둥글리듯 걸었다. 걸음걸이 때문에 나이보다 늙어 보였지만 얼굴만은 맑게 빛났고 장례식 진행도 흠잡을 데 없었다.

장례식에 모인 손님은 24명 정도 됐다. 아이들도 있었다. 에리히의 어머니는 언제나 뚱한 표정인 간병인과 친구한 명을 동반하고 나타났다.

베아트리체와 루돌프도 왔고.

저스틴도 왔고.

헨데르마아그 가족은 아이들까지 데려왔다. 수줍음이 많은 남자아이와 툭 튀어나온 앞니에 긴장된 눈빛으로 주위를 두리번거리는 여자아이. 둘 다 열한 살 정도 돼 보였다. 아무것도 모르는 아이들을 이런 곳에 데려오다니, 뭐하자는 건지……. 정확히 기억나진 않지만 그 아이들이 에리히를 만난 건 잘해야 두어 번 정도다.

에베르트 켄너는 내가 한 번도 본 적이 없는 동료들을 데리고 왔다. 여자 둘, 남자 둘 구성의 4인조다.

그 밖에 의사 몬젠 씨도 참석했는데, 성당 안에서부터 가만있질 못하고 뭐라고 중얼거리더니 묘지에 가서도 그 말을 반복했다. 가을 하늘이 참 맑네, 인생무상이네 하면서 생전 에리히의 최대 장점이었고 학자로서 그의 진가를 증명해 주던 논리적 분석력을 논했다.

말, 말, 말.

나는 피곤했다. 슬퍼하는 사람들, 덜 슬퍼하는 사람들, 그 외 다른 상투적인 이유로 그곳에 모인 검은 옷의 무리 속에서 파도처럼 밀려오는 피로감에 휩싸였다. 아마도 슬픔에서 비롯되었을 것이다. 그러나 꼭 에리히의 죽음을 슬퍼한다기보다는 삶 자체에 대한 애도였다.

삶의 불공평함, 얼룩진 과거, 덮어버리고 싶은 과오. 애써 떨쳐 버리려 해도 떨쳐지지 않는 과거, 너무 오래 돌아보지 않았다 싶은 순간, 조금만 방심해도 나를 따라잡아버리는 과거.

나는 울지 않았다. 장례식이 진행되는 동안 내 눈에서는 단 한 방울의 눈물도 흐르지 않았다. 다른 사람들의 시선 따위는 중요하지 않았다. 사실 이상하게 여기는 사람도 없었을 것이다. 요즘은 정신을 마비시켜 몽롱하게 만드는 약이 수없이 많으니까. 나는 그 누구와도 말을 하지 않았다. 그저 짧은 눈인사 혹은 악수를 나누거나 가벼운 포옹, 건성으로 고개를 끄덕인 게 전부였다.

관은 에리히의 어릴 적 친구들인 요트클럽 회원들이 들었다. 남자 네 명 중 세 명은 아는 얼굴이었지만 이름이 기억나는 사람은 한 명도 없었다. 신부님한테 듣기로는 그 사람들이 관 들기를 자청했다고 한다.

그리고 헤니가 왔다.

정말이지 조문객들을 다 셀 생각은 없었는데 다 세어버렸다.

헤니 델가도.

성당 안에서는 검정색 긴팔 옷을 입은 것 같았는데, 묘지로 이동할 때 보니 암적색 망토를 두르고 있었다. 그러고 보니 헤니는 옛날에도 항상 빨간색 옷을 입었다. 온통 빨간색으로 입고 다닌 건 아니었지만 옷차림에 항상 포인트가 될 만한 붉은색이 들어가 있었다. 예를 들면 시선을 끄는 진홍색 블라우스나 빨간 스카프 같은 것 말이다. 반면 나는 푸른색, 차가운 계통의 색을 선호했다.

우리의 색깔에 대한 선호는 학교 다닐 때부터 확실히 달랐다. 헤니의 색깔은 빨강, 노랑, 황갈색이었고 내 색깔은 파랑, 청록, 차가운 색이었다. 우리는 초록에서만 서로 만났는데, 정반대 방향에서 나온 초록이었다.

대학교 다닐 때, 겨울학기 땐가 색채 분석가를 찾아간 적이 있었다. 그는 우리를 보자마자 자신에게 맞는 색을 잘 골랐다며 얼떨떨해하는 우리 얼굴에 다양한 색의 천 조각을 들이댔다. 그리고 우리의 상반된 피부 타입에 대해 한참 설명하더니 색깔별 성격 유형이 마치 영혼에 관계된 것이라는 듯 잡다한 지식을 늘어놓았다.

헤니는 엄청나게 젊어 보였다. 어딘지 모르게 생기 있고 탄력 있어 보였다. 왜 그랬는지 모르겠지만 내게는 무척 뜻밖이었다. 헤니는 물론 혼자였다. 남편과 아이들은 그 로텐부르크 그녀의 집에 두고 왔을 것이다. 헤니의 딸들을 만나 본 적은 없지만 어느 앨범엔가 보면 세례 때 찍은 아이들 사진이 순서대로 정리돼 있다.

나는 오랜만에 만난 헤니와 말을 주고받지 못한다는 사실이 무척 애석했다. 하지만 왠지 헤니에게 다시 연락이 올 것 같았다. 왜 그런 생각이 들었는지는 모르겠지만 분명히 그럴 것 같았다.

어찌 됐든 우리는 가족이나 동성애자는 아니지만 동성으로서 더 이상 가까울 수 없을 정도로 가까웠던 사이가 아니던가. 오랜 세월이 흘렀지만 그녀와 나 사이에는 인지

적, 언어적 차원을 넘어선 암시, 신호 같은 것이 존재했다. 그렇다, 그런 건 존재한다.

저스틴이 오늘 밤 함께 있어 주겠다고 했지만 나는 거절했다. 그는 세련되지는 못해도 이해심 많고 착한 사람이다. 하지만 오늘, 나는 혼자 있고 싶었다. 벽난로에 불을 피워 놓고 개들과 오붓하게 시간을 보내고 싶었다. 안락의자를 창가에 끌어다 놓고 포트와인 한두 잔을 마시며 어스름이 내리는 풍경을 보리라. 가지치기를 너무 해서 뭉툭해진 사과나무, 회양목 울타리, 멀리 몰나르 쪽으로 펼쳐진 들판. 그렇게 침묵 속에서 몇 시간이고 앨범을 들여다보며 추억에 빠져드는 것이다. 어쩌면 담배도 한 개비 정도 피울지 모른다. 끊은 지는 오래됐지만 어떤 의미로든 오늘은 특별한 날이고, 담배도 서랍에 두 갑이나 남아 있다.

학교에는 다음 주까지 병가를 냈다. 빠진 수업 절반은 내가 보충하고 나머지 절반은 언제나 그랬듯이 브룬이 대신하기로 했다. 키이츠와 바이런을 그의 축축한 손에 넘긴다는 게 내키지는 않지만 달리 방법이 없으니 어쩔 수 없다. 3주만 있으면 시험기간이니까 15일까지는 진도를 끝내야 한다.

드디어 끝났다고 생각하니 홀가분했다. 나는 언젠가 혼자가 될 것을 알고 있었다. 에리히는 나보다 열여덟 살이나 많았다. 그와 결혼을 결심한 건 불타는 사랑이나 열정 때문이 아니다. 오히려 변덕 같은 것에서 나온 결정이었다.

에리히는 쉰여덟 살. 그가 이렇게 일찍 가리라고는 그 누구도 예상하지 못했을 것이다. 몬젠 씨의 추도사에도 못다 한 일을 많이 남겨 두고 갔다는 구절이 있었다. 그의 주장에 따르면 연구직은 세월에 마모되는 직군이 아니다. 물론 일상에 있어서는 맞는 말이다. 그건 아마도 그 자신과 그 자리에 있던 다른 동료들을 염두에 두고 한 말이었을 것이다. 그도 이미 일흔을 바라보고 있으니까.

그러나 에리히는 가야 했다. 내가 살던 자르브뤼켄에서 표현하듯 갈 때가 된 것이다.

나는 안락의자에 앉아 한쪽 눈으로는 어둑해진 정원을, 다른 한쪽 눈으로는 방 안의 벽난로와 책장을 바라보았다. 어느새 책이 많이도 모였다. 나는 쉬는 동안 변화를 좀 줘야겠다고 생각했다. 책장에 즐비한 의학사전들을 다락방으로 옮기고 문학서적으로 빈자리를 채우리라.

그 밖에도 내가 계획하고 있는 일들은 많다. 하지만 오늘은 아니다. 오늘은 그저 이렇게 앉아서 쉬고 싶다. 그냥 이렇게 앨범이나 넘기며 추억을 떠올리고 싶다. 문득 바린의 구절이 떠올랐다.

나는 어머니에게서 나던 희미한 땀 냄새가 그리웠다. 초등학교 입학식 날 입어야 했던 그 짧은 바지도. 나는 우르술라 리핀스카야가 그립다. 그리고 푹 자고 난 뒤 눈을 뜨던 여름방학의 아침도. 그러나 무엇보다 그리운 건 카페에서 한 번도 피워보지 못한 담배, 공중으로 흩어지는 담배 연기다.

나는 담배 한 개비를 꺼내 불을 붙였다. 억눌려 있던 욕구가 해소되며 만족감이 솟구쳤다. 마치 오래전부터 정해져 있던 일이 이제야 일어난 것 같았다.

개들은 벽난로 앞에서 잠이 들었다. 개들도 그가 없어 슬픈 것 같지는 않았다.

곱스하임

빌라 구아르다

아그네스 R. 앞

아그네스에게

남편을 여읜 지 얼마 안 된 너에게 이런 편지를 보내게 되어 미안해. 남편의 죽음에 너무 크게 절망하지 않았으면 좋겠구나.

이런 상황이 아니었다면 더 좋았겠지만 널 다시 볼 수 있어서 무척 기뻤단다. 거기까지 갔으니 얘기라도 좀 하고 왔어야 하는데 왠지 그럴 엄두가 나지 않더라. 왜 그랬는지는 모르겠지만 살다 보면 알 수 없는 힘에 이끌리는 경우가 종종 있지 않니?

장례식은 정말 격조 있더라. 생전에 네 남편을 알지 못했으니 그 죽음에 얼마나 어울리는 것이었는지는 모르겠지만.

어쨌든 다시 연락하며 지내자. 세상 살다 보니 사람의

인연이라는 게 그렇게 쉽게 끊어지는 건 아닌 것 같애. 옛날에 우리 정말 친했었잖아.

내가 이렇게 편지 보내는 거 괜찮겠니? 가족 얘기도 하고 지나온 얘기도 하면 좋을 것 같아. 답장해 줄 거야?

일단 편지로라도 연락해 보자. 난 이메일은 너무 가벼워서 싫거든. 만약 연락을 원치 않는다면 싫다고 말해도 돼.

그럼 설레는 마음으로 네 답장 기다릴게.

9월 26일 그로텐부르크에서
네 친구 헤니가.

그로텐부르크

펠리칸 대로 24번지

헤니 델가도 앞

헤니에게

세상에! 헤니, 네 편지를 읽으니 우리가 여든 살 할머니
라도 된 것 같다.

당연히 편지 써도 돼. 기꺼이 답장할게. 우리 할 얘기 정
말 많잖아. 하지만 먼저 말을 꺼낸 사람이 너니까 네가 먼
저 얘기하게 해줄게. 망설이지 말고 소식 주렴. 앞으로 메
워야 할 세월이 자그마치 19년이야!

9월 30일 곱스하임에서

아그네스.

얌전하고 착하게 살면 언젠가는 보답을 받게 된다라……

열한 살의 깡마른 여자아이였지만 난 그게 거짓말이란 걸 알고 있었다. 아니면 거짓말이 아니었을 수도 있다. 그냥 그 애가 잘못 생각한 것일 수도 있다.

그로텐부르크에 도착한 다음 날, 이삿짐을 풀기도 전에 엄마를 따라 우리 집에 찾아왔던 이웃집 빨강머리 여자애 헤니.

헤니는 세상 물정을 전혀 몰랐다. 하지만 나는 아무 말도 하지 않았다. 어렸기 때문에 그것을 표현할 말을 알지도 못했고, 그때의 내겐 그게 그렇게 중요한 일도 아니었다.

저녁 무렵 우리는 다리 위에 서서 황토색 강물을 내려

다보았다. 어른들이 동네 구경도 할 겸 산책이나 하고 오라며 우리를 밖으로 내보냈던 것이다. 헤니가 내게 동네 구경을 시켜 주기로 했다.

천성적으로 의심이 많은 엄마는, 살면서 부쩍 의심이 더 많아졌지만 웬일로 헤니를 첫눈에 신뢰하는 눈치였다. 물론 헤니는 예의바르고 사랑스러운 아이였고 그걸 부인하고 싶지는 않다. 게다가 새로 이웃이 된 엄마들 사이에는 자두잼이 오갔다. 물론 자상한 미소와 진솔한 시선도 함께였다.

딱 그거다. 얌전하고 착한 이웃사촌의 모습.

얌전하고 착하게 살아야 한다는 말에 내가 뭐라고 했는지는 기억이 안 난다. 아마 아무 대꾸도 안 했던 것 같다.

우리는 동네를 한 바퀴 돌며 여기저기 구경했다. 체육관에도 가 보고 철로 쪽에도 가 보고 클링어 거리에 있는 정육점에도 들렀다. 헤니의 삼촌이 운영하는 곳이다. 우리는 그곳에서 허연 소시지와 동전 하나씩을 받았다. 그리고 그 돈으로 츠빌레에 있는 담배 가게에서 껌을 사먹었다.

그다음에는 교회를 구경했다. 그리고 묘지를 둘러보았다. 헤니의 할아버지 할머니도 그곳에 묻혀 있었고, 언젠가는 헤니도 그곳에 묻힐 거라고 했다. 여러 세대를 수용할 수 있는 크고 육중한 가족 묘지였다.

슈툼프 가, 가셴 가, 야콥스슈티그. 그 밖에 이름도 기억나지 않는 길들을 지나 발만 학교에 이르렀다. 헤니는 이미 5년째 다니고 있었고, 나도 9월부터 다니게 될 학교다. 돌로 만들어진 오래된 건물인데 커다란 참나무 문 위에 라틴어 인용구가 씌어 있었다.

"논 스콜래, 세드 비태 디시무스(Non scholae, sed vitae discimus)!"

헤니가 큰 소리로 외쳤다.

우리는 합창하듯 몇 번 더 그 문구를 외웠다. 폼피우스 교장선생님, 마티젠 선생님, '케켈헨셴'이라는 쓰기도 힘든 이름을 가진 자그마한 몸집의 곱추 여선생님이 내 책상으로 모이기 전에 그게 무슨 뜻인지 정도는 알고 있어야 했다.

논 스콜래, 세드 비태 디시무스.

학교가 아니라 삶을 위하여.

우리는 칼 에게르 다리 위에서 강물을 내려다보았다. 그 다리 이름이 왜 칼 에게르인지, 칼 에게르란 사람이 누군지는 헤니도 알지 못했다. 그러나 그 강이 네카 강인 것만은 확실하고 우리 동네의 북부와 동부를 휘돌아 흐르며 게링슈타트라는 지역과의 경계를 이룬다고 했다. 헤니가 게링슈타트에 대해 아는 건 모리츠라는 이름의 사촌이 거기 살다가 건강이 나빠져 마르세이로 이사갔다는 것뿐이었다. 마르세이는 지중해에 있는데, 헤니의 사촌은 이사를 갔음에도 불구하고 8과 4분의 3살이라는 어린 나이로 죽고 말았다. 헤니의 결론은 알고 보면 지중해도 그 명성에 비해 과대평가되고 있다는 것이었다.

나는 얌전하고 착하게 살지 않아서 죽은 거 아니냐고 묻고 싶었지만 그 말을 입 밖에 내지는 않았다. 대신 씹고 있던 껌을 콸콸 흐르는 물 위로 뱉었다. 헤니가 껌을 강물에 뱉으면 안 된다고 말했다. 물고기들이 삼키고 질식해 죽을 수 있다는 거였다.

물고기가 어떻게 질식해? 원래 숨도 안 쉬는데…, 나는 속으로 그렇게 생각했다. 그리고 그것 역시 입 밖에 내지 않았다.

나는 엄마와 함께 그로텐부르크로 이사했지만 아빠와

클라우스는 여전히 자르브뤼켄에 있는 슬링어 가에 살았다. 나는 세 살 위인 오빠 클라우스와 허구한 날 싸웠지만 이사하고 며칠간은 너무 보고 싶어서 마음이 찌릿하니 아팠던 기억이 난다.

엄마, 아빠가 이혼하려 한다는 사실을 알게 된 것은 7월 1일이었다. 그로부터 정확히 한 달 후 엄마와 나는 그로텐부르크로 이사했다.

엄마, 아빠는 폭탄선언을 하기 전에 철저한 준비를 했다. 우리는 레스토랑 '크라우스'에 앉아 있었다. 부모가 이혼선언을 하기 전 외식을 하는 게 일반적인지 어떤지는 잘 모르겠지만, 부모님은 서로에게 친절하게 대했고 오빠와 나에게도 다정했다. 엄마, 아빠는 세상에서 가장 친한 친구로 남을 거다, 현재 이런 상황이고 어찌어찌하다 보니 이렇게 됐다, 살다 보면 이런 일도 생기는 거다, 세상을 사는 건 절대 쉬운 일이 아니다, 어쩌고저쩌고 하는 말이 쏟아졌다. 나는 그 식당에서 가장 비싼 음식을 골랐다. 화이트와인 소스를 곁들인 가자미 구이. 부모님은 군소리 없이 주문을 허락했다.

디저트가 나오자 엄마가 말했다. 아빠와 클라우스는 계

속 자르브뤼켄에 살 거라고.

디저트는 설탕에 절인 헤이즐넛과 슈거파우더를 뿌린
산딸기 젤리 위에 레몬셔벗을 얹은 것이었다.

직장과 학교를 생각하면 그게 낫다는 거였다. 엄마는 이
미 그로텐부르크에 직장을 구했고 '마르텐스'라는 이름의
치과의사 밑에서 일하게 됐다고 했다. 우리가 살 집도 볼
마르 가에 이미 마련돼 있었다. 방 네 개에 주방 딸린 집으
로 내 방도 있고. 내 방에는 타일 벽난로가 있고 창밖으로
공원도 보인다고 했다.

아빠가 3년째 다른 여자를 만나고 있다는 얘기는 그로
부터 2주 후 이삿짐을 싸면서야 들었다. 엄마는 그 얘기
를 지나가는 말처럼 툭 던졌다. 그날부터 나는 열흘 내내
울었다. 내내는 아닐지라도 밤마다 베개를 적시며 울었
다. 그리고 열흘째 되던 날 울음을 뚝 그쳤다. 대신 찌르
는 듯 가슴이 아파오기 시작했다. 클라우스를 생각하는
지금처럼.

게다가 뱃속에 문제가 생겼다. 속이 울렁거리고 이틀에
한 번꼴로 변비가 왔다. 변비가 아닐 때는 설사였다.

내 방에는 정말 타일 벽난로가 있었다. 하지만 난로에

불을 피울 수는 없었다. 굴뚝은 이미 50년대에 막아버렸다고 집주인 빈터 씨가 말했다. 균열이 있어서 아주 작은 불씨라도 튀면 집이 홀라당 다 타버릴 거라고 했다.

사실 난 아무래도 좋았다. 그로텐부르크 전체가 잿더미로 변하든 말든 내 알 바 아니었다. 난 그 집에 살고 싶지 않았고, 그 도시가 싫었다. 만약 불이 나서 엄마와 내가 죽는다면 새 학교에 가지 않아도 되고, 촌스럽게 땋은 머리를 하고 뭔가 알고 있다는 듯 미소 짓는 이웃집 아이와 놀지 않아도 되니 더 좋았다.

그래도 그 집에 살 때는 눈물이 나지 않았다. 그냥 가슴이 찌릿찌릿 아프고 속이 울렁거렸을 뿐이다.

참고로 아빠의 애인은 '엘제'라는 여자였다. 이미 슬링어 가에 있는 집으로 들어왔고, 그 아줌마의 딸이 내 방을 쓴다고 했다.

진짜 싫은 건 그 애 이름도 '아그네스'라는 것이었다.

곱스하임

빌라 구아르다

아그네스 R. 앞

아그네스에게

바로 답장 보내 줘서 고마워. 그리고 다시 연락하며 지내자고 해준 것도.

세월이 정말 빠르다. 하지만 나이는 숫자에 불과해. 어쨌든 우리도 슬슬 중년이 되어 가는구나. 내년 2월이면 나도 마흔이야. 네 생일은 정확히 기억하고 있어. 5월 1일이지? 그로텐부르크에 오고 처음 맞은 생일날 내가 선물한 일기장 기억나니? 넌 거기다 아무것도 안 쓸 거라고 했지만 9월에 학기 시작했을 때는 새 노트가 필요하다고 했었지.

내 생각에 난 전혀 늙은 것 같지 않은데, 아이들 크는 걸 보면 시간이 얼마나 빨리 흐르는지 실감이 나. 우리 큰딸 레아는 벌써 열한 살이야. 우리가 알게 된 것도 열한 살 때였지. 둘째 베티는 12월에 아홉 살이 돼.

다비드는 올봄에 마흔일곱 살이 됐어. 이렇게 편지를 쓰게 된 것도 사실 다비드 때문인데 그 얘긴 나중에 차차 할게. 급할 건 없으니까. 난 문제의 핵심에 천천히 다가가야 한다고 생각하는 쪽이거든. 아는 길도 돌아가라고 하잖아. 그게 맞겠지, 아그네스?

신문에서 부고를 본 순간 장례식에 가야겠다 싶었어. 물론 네 남편 때문에 간 건 아니지. 생전에 만난 적도 없으니까. 너를 다시 만나고 싶었어.

그동안 살면서 여자 친구를 많이 사귀었지만(그냥 친구들, 오해하진 말고) 어릴 때 사귄 친구만큼 특별한 건 없는 것 같아. 아무리 세월이 흐르고 네카 강의 강물이 흘러갔어도 우린 어떤 끈으로 연결돼 있다는 느낌이 들어. 네가 내 말을 잘 이해해 줬으면 좋겠다. 그리고 너도 나와 같은 심정이었으면 좋겠어. 물론 막상 너를 봤을 때는 인사도 건네지 못했지만 말이야.

다비드가 방송국에서 텔레비전 제작을 맡은 이후로 우리 집엔 손님이 엄청 많아졌어. 초대 요청이 쇄도해서 최소 일주일에 한 번은 손님을 치른다니까. 그런데 그것도 결국은 지겹더라. 너무 지겨워. 웃는 얼굴들, 고상한 척 나누는 대화, 친하지도 않은데 친한 척하는 사람들. 무대가 우리 집에까지 확대된 것 같고 연극이 우리 삶 속으로 비집고 들어온 느낌이야. 정말이지 그런 걸 원하진 않았는데…… 마치 등골과 살 속 깊이 파고들어서 씻어 내려 해도 씻겨 나가지 않는 느낌. 내 말이 이해되는지 모르겠다. 내 표현이 너무 모호할 수도 있겠고.

난 결혼할 때 연극에 대한 야망은 모두 접었어. 다비드가 집안에 딴따라는 한 명으로 족하다고 했었지. 지금은 나도 전적으로 동감이야. 그렇다고 다른 일을 하진 않았어. 돈이 부족한 적도 없었으니까. 근 10년간은 집에서 아이들만 키웠지.

그런데 1월부터 클링어 가에 있는 붐스 앤 크리스테프 변호사 사무실에 나가기 시작했어. 어딘지 기억나니? 거기서 프랑스어와 이탈리아어로 번역하는 일을 해. 대단한 일은 아니지만 보수도 괜찮고 한때 힘들여 익힌 외국어를 써먹을 수 있게 돼서 좋아. 그리고 만약의 경우 내 힘으로 돈을 벌어 살 수 있다는 생각에 안심이 되기도 하고.

하지만 내게 정말 소중한 건 아이들이야. 넌 아이가 없는 것 같던데, 네 선택이었는지 다른 자연스러운 이유 때문이었는지 모르겠구나. 뉘렌 선생님 말대로 사람은 다 다르고 행복해지는 방법도 사람마다 다 다르니까. 그 선생님 기억나니? 스웨덴인가 노르웨이 사람이었지, 아마?

레아와 베티는 같은 부모 밑에서 나고 같은 환경 속에서 자랐는데도 서로 그렇게 다를 수가 없어. 레아는 매사에 정확하고 확실해. 욕심도 많고 현실적이지. 반면 베티는 말 그대로 꿈꾸는 소녀야. 마치 동전의 양면처럼 둘 다 여자애지만 영 딴판이야. 두 아이 모두 내겐 너무나 소중하단다. 둘이 서로를 보완하는 존재이기 때문에 더욱 소중해.

얼마 전에는 아이들을 보며 꼭 너와 나 같다는 생각을 했어. 지금은 아니겠지만 어릴 적의 우리와 참 많이 닮았어. 물론 네가 레아, 내가 베티야. 어느 순간 똑같은 연기를 반복하고 있다는 기시감이 강하게 들어 무서워질 때면 삶이 길쭉한 타원처럼 쭉쭉 늘어나는 것만 같아.

우리 집은 펠리칸 대로에 있는 큰 평수의 아파트야. 단독주택을 사서 이사갈까 하는 생각도 여러 번 했는데, 이집이 마음에 들고 아이들 학교도 바로 코앞이라 그냥 살기로 했어. 게다가 다비드에게는 부모님한테서 물려받은 산장도 있고. 베르히테스가덴(독일 남부 알프스 근처의 도시_역주) 근처에 있거든. 물론 형님네와 나눠 써야 하지만 우리 형님네 가족은 캐나다에 살아서 잘해야 1년에 2주 정도밖에 안 쓰거든.

그리고 보니 처음 쓰는 편지에서 너무 내 얘기를 많이 한 것 같다. 꼭 그러려고 한 건 아닌데. 아까 잠깐 말했듯이 너에게 부탁할 것이 있는데 그건 다음 편지에 써야 할 것 같아.

벌써 자정이 넘었다. 다비드는 영화사 사람들을 만난다나 봐. 내가 들은 바로는 피란델로 작품 여러 개를 하는데 제작 규모가 상당히 크대.

아이들은 잠들었고 난 두 시간째 서재에 앉아 편지를 쓰고 있어. 참, 이것도 고백해야지. 와인도 석 잔이나 마셨어. 내일 아침엔 또 일하러 가야 하니 이제 그만 마무리하는 게 좋겠다.

이 얘기 저 얘기 하다가 말이 새버렸네. 미안해. 아그네스, 내가 이렇게 자세히 썼다고 해서 너도 꼭 길게 써야 할 필요는 없어. 하지만 짤막한 안부 몇 마디라도 들을 수 있다면 무척 기쁘겠다. 다음번엔 나도 짧게 쓸게.

그런데 이건 궁금해서 물어보는 건데, 지금 네 심정은 어떠니? 남편이 죽어서 마냥 슬프기만 하니? 아니면 슬픈 와중에도 일말의 해방감 같은 걸 느끼니? 너도 알잖아, 결혼이라는 게 들어가기 전엔 들어가고 싶어 안달하지만 막상 들어가고 나면 나오고 싶어 안달하는 새장 같다는 걸. 내 말 무슨 뜻인지 알지? 네가 여전히 이런 얘기도 터놓고 할 수 있는 사람이면 좋겠다. 예전의 우린 말이 잘 통했잖아.

이젠 정말 자러 가야겠다. 건강히 잘 지내고 꼭 답장해 줘. 꼭.

10월 4일 그로텐부르크에서
헤니가.

그로텐부르크
펠리칸 대로 24번지
헤니 델가도 앞

헤니에게

장문의 편지 고마워. 정말 재미있게 읽었어. 앞으로도 걱정 말고 자세한 편지 부탁해. 우린 옛날에도 그랬어. 내가 열 마디 하면 넌 백 마디를 했지. 그리고 네가 약간 핵심을 벗어났다고 해서 내가 이해 못 할 거라는 걱정은 하지 마. 다시 네 소식을 듣게 돼서 정말 기뻐.

우리 둘 다 이제는 인생의 절반을 살았다고 할 수 있잖아. 게다가 에리히도 저세상으로 가고 나니 바로 지금이 인생을 돌아볼 때인 것 같단 생각이 들어.

그런데 난 가족이 없어서 너처럼 할 이야기가 많진 않아. 에리히는 결혼 당시 이미 전처와의 사이에 난 장성한 자녀들이 있었어. 그래서 일찌감치 합의해서 결정했지. 이 혼탁한 세상에 인구를 더 보태는 짓은 하지 말자고.

난 8년 전 박사논문을 쓰기 시작하면서부터 H-베르크 대학에서 일하고 있어. 학교도 집에서 7, 8킬로미터밖에 떨어져 있지 않고 가르치는 일도 적성에 맞아. 지난 학기부터는 내 관심 분야인 19세기 로맨틱과 영국소설을 강의할 수 있게 됐어. 난 아이를 낳아본 적도 없고 앞으로 가정을 이끌어 나갈 일도 없겠지만, 헤니 너처럼 내 삶에도 중요한 소명으로 느껴지는 일이 있어.

에리히가 전처와 이혼할 때 자기 몫으로 챙긴 이 집은 정말 멋져. 돌과 나무로 만든 고택인데 오래된 나무가 우거진 정원이 있고, 창밖으로는 강이 흐르는 게 보여. 지금 내 최대 걱정거리는 이 집에서 계속 살 수 있을 것인가 하는 거야.

에리히의 아들과 딸, 헨리와 클라라는 분명 유산의 반을 요구해 올 거야. 그 애들에게 무슨 돈으로 집 절반 값을 줘야 할지 모르겠다.

장례식에서 혹시 알아보겠든? 헨리는 키가 크고 거만한 인상, 클라라는 잿빛 금발에 등이 약간 굽었고 비만이야. 평균 몸무게에서 한 10킬로그램은 초과일걸? 교회에서 맨 앞줄에 앉아 있었는데, 물론 내 옆은 아니고 통로 건너편에. 솔직히 말하면 난 그 애들이 너무 싫어. 날 싫어하기는 그 애들도 마찬가지고. 하지만 그건 어떻게든 하면 되니까 별로 상관없어. 유언장이 공개된 지 2주나 지났는데 아직도 유산문제로 연락이 오지 않는 걸 보면 이상해. 아마 곧 잘나가는 변호사에게서 전화가 오겠지.

그리고 네가 에리히의 죽음에 대해 말한 부분은 맞아. 에리히가 죽고 나서 조금은 시원섭섭한 기분도 들었고, 조용히 혼자 생각해 볼 수 있는 시간도 생겼어. 나이 차이가 많이 나는 사람과 결혼하면 언젠가는 혼자 남겨질 거라는 두려움을 갖고 살 수밖에 없어. (게다가 의사라는 직업이 수명 연장에 도움이 되는 직업은 아니니까. 오히려 그 반대지.) 어쩌면 쉰이나 예순이 아니라 마흔에 이런 일을 겪는 게 다행인지도 몰라. 네 말대로 이제 우리도 중년이 됐잖아. 하지만 헤니, 난 우리 나이가 아직 인생에서 이루고 싶은 게 많은 나이라고 생각해.

이 편지를 쓴 이유가 네 남편과 관련돼 있다고 했지? 이렇게 운만 띄워 놓고 뜸을 들이니 호기심이 마구 발동하는 걸? 사람 애태우지 말고 다음 편지에선 꼭 무슨 일인지 말해줘. 답장 곧 보내줄 거지?

그럼 이 부탁과 함께 편지를 마칠게. 이제 개들 데리고 저녁 산책 나갈 시간이야. 로디지안 리지백(아프리카 로디지아 원산인 사자 사냥용 개_역주) 두 마리인데 날렵하게 잘 빠진 녀석들이지. 정말 귀여운 녀석들이야. 나 혼자 계속 키울 수 있을지 모르겠다. 5년 전쯤 샀는데 개를 키우려면 시간과 정성이 들거든. 지금처럼 산책도 시켜야 하고.

그럼, 연락 기다릴게.

무슨 일 때문인지 정말 궁금하다.

10월 7일 곱스하임에서
사랑하는 친구 아그네스.

우리 학교 이름은 발만이다. 150년 전 전쟁터에서 전사한 J. S. 발만이라는 사람의 이름을 딴 것이다. 우리 반은 모두 25명이었다. 그 학기에 새로 전학 온 사람은 '드라고만'이라는 성을 가진 까칠해 보이는 남자아이와 나 둘뿐이었다. 담임은 침머만 부인이었는데, 이사간 두 명의 빈자리를 우리가 채우게 되어 다행이라고 했다.

헤니와 나는 '아담'이라는 남자아이와 가장 친했다. 요람에서부터 책을 읽으면 그렇게 눈이 나빠질까 싶을 정도로 두꺼운 안경을 쓴 아이였는데, 안경알이 정말 유리병처럼 두꺼웠다.

우리는 아담, 그리고 아담의 사촌인 '마르벨'이라는 아이와 어울렸다. 마르벨도 우리 반인데, 공부를 아주 못했다. 특히 수학과 받아쓰기는 거의 빵점 수준이었지만 덩치가 크고 힘이 셌기 때문에 다른 패거리들과 싸움이 붙었을 때 아주 유리했다.

학교생활은 무척 즐거웠다. 크리스마스 연극에서는 내가 주인공을 맡기도 했다. 침머만 부인은 내게 재능이 있다고 말했다.

오빠와 아빠에 대해서는 되도록 생각하지 않으려 애썼다. 내가 옛집을 방문한 것도 가을, 겨울을 통틀어 단 두 번뿐이었다. 어느 날엔가는 오빠가 라벤스부르크(독일 남부의 도시_역주)에 있는 보이스카우트 캠프에서 집으로 돌아가는 길에 우리 집에 두 시간 정도 머문 적이 있었다. 가족이 이렇게 뜸하게 만난다는 게 참 이상했지만 더 이상한 건 그게 아무렇지도 않게 느껴졌다는 것이다.

엄마는 바쁘게 일했다. 닥터 마르텐스의 병원은 게르크 시장 근처에 있었다. 나도 이빨을 때우러 한 번 간 적이 있다. 난 그 사람이 싫었다. 그는 빈정대는 말투를 썼고 엄청난 털보였다. 두 눈 위에는 시커먼 눈썹이 수북하게 나 있고, 의자에 앉아서 보면 콧속에 코털이 빽빽해서 과연 그 상태로 숨을 쉴 수나 있는지 의아했다.

한동안은 헤니의 엄마가 자주 아팠기 때문에 방과 후에

헤니의 코흘리개 동생을 돌봐야 했다. 벤야민은 걸핏하면 삐치고 떼를 쓰기 일쑤였다. 한번은 기념공원에서 벤야민이 사라진 적이 있었다. 비가 내리고 추운 날씨였다. 우리는 몇 시간 동안 벤야민을 찾아 헤맸지만 찾지 못했다. 이윽고 날이 어두워지자 헤니는 울음을 터뜨렸다. 만약 이대로 벤야민을 찾지 못한다면, 그래서 벤야민이 죽는다면 절대 자신을 용서하지 못할 거라며 울먹였다. 그리고 달리는 기차에 뛰어들겠다느니 네카 강에 빠져 죽겠다느니 주저리주저리 읊어 댔다.

헤니는 마지막으로 벤야민을 본 모래놀이장에서 무릎을 꿇고 신에게 기도를 올렸다. 그때 갑자기 그가 나타났다. 신 말고 벤야민 말이다. 벤야민은 꾀죄죄한 모습으로 콧물을 질질 흘리며 나타나 평소보다 심하게 떼를 썼다. 새로 산 셔츠도 찢어진 채였다. 헤니는 매사에 최선을 다하고 모든 걸 신의 뜻에 맡기면 다 잘 되는 거라며 비에 흠뻑 젖은 동생을 꼭 껴안았다.

나는 아무 말도 하지 않았다. 나도 벤야민을 다시 찾은 게 기뻤다. 만약 그렇지 않았다면 어른들에게 크게 혼났을 테니까. 하지만 솔직히 말해서, 만약 그때 벤야민에게 무슨 일이 생겼다고 해도 벤야민을 많이 그리워하지는 않았을 것이다.

5월 중순. 내 열두 번째 생일이 지나고 2주쯤 됐을 때, 그리고 첫 생리를 한 지 이틀째 되던 날 나는 끔찍한 사실을 알게 됐다. 엄마가 닥터 마르텐스와 사귄다는 사실이었다. 함께 있는 두 사람을 목격한 건 순전히 우연이었다. 글로크 가에 있는 레스토랑 '퐁파도르'에서 나오다 나와 딱 마주친 두 사람은 무척 당황했다. 우리는 짤막한 인사말을 얼버무리며 지나쳤고, 나는 원래 가려던 볼마르 광장의 서점으로 갔다. 그리고 두 시간 후 집에 들어가자 엄마가 어떻게 된 일인지 자초지종을 이야기했다. 서로 가끔씩 만나 외로움을 달랬다는 것이다. 딱 그 표현이었다. 내겐 그 말이 너무 고리타분하고 멍청하게 느껴졌다. 정말이지 엄마는 그때 그렇게 많은 나이가 아니었다.

나는 마르텐스 선생님이 역겹다고 말하고 엄마랑 30년 차이는 나지 않느냐며 톡 쏘아붙였다. 엄마는 화를 내며 그 사람은 착하고 교양 있는 사람이며 아직 쉰 살도 안 됐다고 말했다. 그리고 아빠 같은 건달과 사느라 반평생을 허비했으니 이제는 기댈 곳이 필요하다고 했다.

　나는 마르텐스 선생님이 역겹다고 다시 한 번 말한 뒤 내 방에 들어가 문을 잠가버렸다. 그리고 30분 후, 엄마가 와서 문을 두드렸지만 그냥 자는 척했다.

　어른들은 헤니와 내가 여름방학 내내 붙어 있을 수 있는 계획을 짜고 있었다. 헤니의 삼촌과 숙모가 라고마르제에 큰 집을 가지고 있는데, 우리 둘만 쓸 수 있는 다락방도 있다고 했다. 삼촌 부부 외에 사촌 남자애 둘, 여자애 하나, 우리 또래의 쌍둥이, 그리고 대여섯 살 된 여자애와 생활하게 되어 있었다. 나는 정말 거기 가고 싶은 건지 잘 판단이 서지 않았다. 그러나 상황을 보니 내게는 선택의 여지가 없어 보였고, 헤니는 무척 기대하는 눈치였다.

　방학 날, 우리는 성적표를 비교했다. 헤니와 나는 평균 점수가 똑같았다. 아담은 고작 0.1점이지만 우리보다 성적이 좋았다. 우리는 그 이유가 아담이 남자고 안경을 썼기 때문이라고 결론 내렸다.

　라고마르제에 가기로 한 날 저녁, 버스에 타기 전 나는 헤니, 아담, 마르벨과 함께 생애 첫 담배를 피웠다. 우리는 기념공원 나무덤불 아래 엎드려 있었는데, 헤니는 속이 울렁거린다고 하더니 그만 마르벨의 성적표 위에 토하고 말았다. 한편 마르벨은 담배가 아주 잘 맞는다며 두 개비나 피웠다. 그리고 토하든 말든 상관없다고 했다. 마르벨은 반에서 꼴찌다. 유급하지 않으려면 방학 내내 공부만 해도 모자랄 지경이었다.

아담이 집에 돌아가고 나서 마르벨은 우리에게 자기 고추를 보고 싶은지 물었다. 헤니는 그러든지 말든지 상관없다고 했고, 나는 정 그러고 싶다면 좋다고 했다. 이에 마르벨은 바지 단추를 풀고 고추를 꺼냈다. 그리고 모양이 이런 건 포경수술을 했기 때문이라고 설명해 주었다. 헤니와 나는 잘 봤다고 말했다.

곱스하임

빌라 구아르다

아그네스 R. 앞

아그네스에게

답장 고마워. 무척 재미있게 읽었어. 직장에서 보람을 느낀다니 다행이다. 그리고 남편의 죽음을 담담하게 받아들인 것 같아서 안심이야. 너야 옛날부터 감정에 휘둘리지 않고 냉정을 유지하는 사람이었잖아. 그 장점을 잘 간직하고 있는 것 같구나.

내가 그동안 얼마나 어떻게 변했는지 나 스스로는 정확히 알 수 없겠지. 그런데 가끔씩 보면 마음만은 아직도 열둘, 열다섯, 열여덟 살인 것 같아. 언젠가 너를 만나게 되면 정말 그런지 네가 바로 알아봐 주겠지? 나도 네가 예전 그대로인지 보면 알 것 같아. 그치, 아그네스?

하지만 친구야, 아직은 서로 만날 때가 아닌 것 같다. 네가 괜한 오해를 하지 않도록 그 특별한 이유에 대해 말해 줄게. 지금 따끈따끈한 현재진행형으로 일어나고 있는 이 편지쓰기의 이유에 대해서 말이야. 너도 그 이유를 빨리 말해달라고 했잖아. 자, 이제 심호흡 한번 하고 시작한다. 네가 너무 놀라지 않았으면 좋겠구나. 하지만 놀란다고 해도 어쩔 수 없어. 이 과정을 피해 갈 순 없으니까.

이미 말했듯이 다비드에 관한 거야. 너도 알다시피 다비드와 난 결혼한 지 18년이 다 되어 가. 〈리어 왕〉 끝나고 몇 주 후 다비드가 프러포즈를 했고 6월에 약혼, 그해 11월에 결혼식을 올렸어. 행복했지, 다비드와 나. 지금 와서 돌이켜보니 그래……. 적어도 첫 10년간은 그랬어.

네가 날 어떻게 생각했는지 잘 알아. 넌 날 세상 물정 모르는 순진한 바보로 생각했지. 부인할 필요는 없어, 아그네스. 우린 항상 생각이 달랐고 그것에 관해 얘기도 많이 했잖아. 넌 세상에 좋은 사람들이 많다는 것, 신의 뜻이 존재한다는 것, 삶에 최선을 다하고 그 결과가 어떻든 겸허히 받아들여야 한다는 내 주장을 받아들이지 못했지.

선을 믿는 것, 다비드와도 연애 초반에 그런 얘기를 많이 했어. 그리고 우리가 영원한 사랑을 약속했을 때 그건 남들 다 하니까 하는 상투적인 의식이 아니라 진심에서 우러나온 성스러운 것이었어. 우린 태어날 우리 아이들과 함께 죽을 때까지 함께하기로 약속했어. 우리의 사랑은 무슨 일이 있어도, 아무리 시간이 흘러도 변함없기로 약속했어. 단순하지만 엄숙한 맹세였지.

그런데 드디어 일이 터졌어. 어떤 경위로 알게 됐는지는 자세히 밝히지 않겠지만 난 다비드에게 다른 여자가 있다는 사실을 알게 됐어. 난 그 여자가 누군지도 모르고 누군지 알고 싶지도 않아. 하지만 다비드는 우리 가족과의 약속을 저버렸어. 이걸 그냥 두고 볼 수는 없어.

다비드가 언제부터 바람을 피우기 시작했는지는 모르지만 적어도 6개월은 됐고 1년이 넘었을 수도 있어. 물론 다비드는 아무 일도 없는 척해. 나도 모르는 척하고. 표정이든 말이든 난 그 사실을 알고 있다는 티를 전혀 내지 않아. 난 다비드를 다그치거나 양심에 호소하는 식으로 이 문제를 풀고 싶지 않아. 바람피운 남편에게 따지고 울고불고하는 지루한 신파극은 싫어.

난 그동안 나와 아이들에게 가장 좋은 해결책을 찾아 요리조리 궁리해 봤어. 그리고 드디어 그 답을 찾았어. 아그네스, 이제 한 치의 의심도 없어. 다비드는 죽어야 해.

아마 넌 지금쯤 심장 고동이 빨라지는 걸 느끼며 숨을 고르겠지. 어쩌면 편지를 내려놓고 허공을 응시하고 있을지도 모르지. 아니면 옛날에 집중해서 뭔가를 생각할 때처럼 고개를 설레설레 젓고는 오른쪽 관자놀이를 문지르고 있을까? 하지만 그래봐야 소용없어. 그런다고 이 사실이 달라지진 않으니까. 난 내 결심을 절대 바꾸지 않을 거야. 다비드는 살아 있을 가치가 없어. 아그네스, 네가 뭐라고 해도 좋지만 내 굳은 결심을 흔들 생각은 하지 마렴.

그리고 지금부터 내가 하는 말 잘 들어. 네가 날 어떻게 생각하든 상관없긴 한데 이 일에는 네 도움이 필요해.

잠깐! 아그네스, 편지 내려놓지 마. 제발 끝까지 읽어 줘. 누가 뭐라고 해도 다비드는 조만간 죽어야 해. 내가 꼭 그렇게 만들 거야. 무슨 수를 써서라도.

몇 년 전에 범죄소설을 한 권 읽었는데, 기차에 두 사람이 타고 있어. 작가는 누군지 기억이 안 나는데 아마 미국 작가였던 것 같아. 두 사람은 전혀 모르는 사이야. 그런데 얘기를 하다 보니 둘 다 가까운 친지의 죽음으로 큰 이득을 보게 된다는 사실을 알게 돼. 아그네스, 이 두 사람이 전혀 상관없는 타인이라는 점을 명심해. 두 사람은 각각 자신의 친지를 없애고 싶어해. 하지만 친지들이 살해당할 경우 그들이 바로 의심의 대상이 되기 때문에 어쩌지 못하고 있어. 그러다 서로의 희생자를 바꾸자는 생각을 해내고 거기에 '크리스 크로스(Criss-cross)'라는 이름까지 붙이지. A는 B의 아내를, B는 A의 부자 친척을 서로를 대신해서 죽여 주는 거야.

아그네스, 내 말이 무슨 뜻인지 알겠니? 다비드의 배신을 두고 요리조리 궁리하다 보니 그 크리스 크로스 아이디어가 생각났어. 바로 네가 떠오르더라. 물론 내가 널 똑같은 방법으로 도울 일은 없겠지만 말이야.(그렇지?)

어쨌든 다비드는 내 지인이 아닌 다른 사람에 의해 살해당해야 해. 그동안 난 어딘가 멀리 떨어진 곳에서 확실한 알리바이를 만들고.

보수는 넉넉하게 챙겨 줄 테니 걱정 마. 아그네스, 에리히의 집에서 계속 살 수 있을지 걱정된다고 했지? 10만 정도는 문제되지 않아. 만약 더 원한다면 얘기해.

또 말이 새버렸네. 어쨌든 내가 원하는 게 뭔지는 알겠지? 구체적으로 어떻게 할 건지에 대한 계획은 아직 없어. 하지만 그건 차차 생각해 보면 될 것 같아. 지금 중요한 건 네 대답이야. 마음이 복잡하겠지만 날 이해해 줬으면 해. 이틀 동안 생각해 보고 꼭 답해 줬으면 좋겠어. 한번 수락했다고 해서 꼭 그대로 밀고 나가야 하는 건 아니야. 정말 그건 아니야. 내가 바라는 건 그냥 이 일에 대해 나와 함께 상의해 줬으면 하는 거야. 이론적인 차원에서, 그리고 아무 부담 없이.

아그네스, 조용히 생각해 보고 결론이 나면 내게 말해 줘. 어떤 대답이 나오든 넌 내 소중한 친구고, 앞으로도 그럴 거야.

10월 12일 그로텐부르크에서
헤니가.

그로텐부르크
펠리칸 대로 24번지
헤니 델가도 앞

헤니에게

편지를 열 번은 읽은 것 같은데, 아직도 내가 제대로 읽은 건지 의심스럽다. 네 제안이 너무 끔찍해서 뭐라고 표현할 말을 찾지 못하겠어. 솔직히 말하면 네가 제정신이 아닌 것 같아. 저녁 내내 답장을 어떻게 써야 할지 고민했지만 답을 찾지 못했어.

그래서 확인 편지를 부탁한다. 네가 한 말을 취소하거나 아니면 도대체 왜 그러는 건지 설명 좀 해 봐. 그리고 어떻게 그런 말도 안 되는 계획에 내가 동참할 거라고 생각했는지 그것도 말해 주길 바란다.

10월 19일 곱스하임에서
안부를 전하며, 아그네스.

라고마르제의 여름 별장은 산비탈이 끝나는 곳에 건물 세 개로 이루어져 있었다. 비탈을 따라 내려가면 바다가 나왔고, 금빛으로 빛나는 전용 모래사장도 갖추고 있었다. 3, 40미터짜리 긴 해변은 아니었지만 없는 것보단 훨씬 나았다.

본채에서는 카르미넨 부부와 여섯 살 난 카렌이 살았다. 카르미넨 씨는 이름이 베르너였는데 보통 '초코 킹' 혹은 '킹'이라는 별명으로 불렸다. 프랄린을 만드는 초콜릿 공장을 운영했기 때문이다. 우리도 거기서 사흘째 되자 초콜릿 이라면 신물이 났다.

카르미넨 씨는 주말 아니면 저녁과 밤에만 얼굴을 볼 수 있었다. 아침 일찍부터 초콜릿을 만들기 위해 푸른빛이 도는 까만 로버를 타고 슈빙엔으로 향했기 때문이다.

카르미넨 부인은 약간 슬퍼 보이는 인상의 청초한 미인이었다. 허리가 부러질 듯 가늘었고, 길고 풍성한 머리카락은 로버와 같이 푸른빛 도는 검정색이었다. 그녀는 그늘에 있는 정원 의자에 앉아 하루 종일 책만 읽었다. 그리고 파이프에 끼운 가느다란 담배를 피웠다. 카렌은 매일같이 찾아오는 이웃 농장의 여섯 살짜리 여자아이와 함께 호숫가로 내려가 옷을 버리는 줄도 모르고 몇 시간이고 놀이에 열중했다.

우리는 오른쪽에 있는 작은 별채에서 먼 친척뻘인 루트와 함께 잠을 잤다. 루트는 서른 살쯤 됐는데 약간 지적장애가 있는 것 같았고, 하루 종일 요리와 청소만 했다. 슈빙엔에 갔던 초코 킹이 저녁에 돌아오면 본채 앞마당에 긴 식탁을 놓고 온 가족이 모여 식사를 했는데, 모든 음식은 루트가 만들었고, 설거지도 모두 루트 차지였다. 하지만 루트는 한 번도 불평하는 일이 없었다. 밥 먹을 때만 빼고는 항상 구슬픈 노동요를 흥얼거리는 루트는 자신의 삶에 백 퍼센트 만족하는 것 같았다.

우리 숙소처럼 방 하나와 작은 부엌으로만 이루어진 왼쪽 별채는 사촌 톰과 마르트의 숙소였다. 그들은 열세 살이었고, 나는 그들을 처음 본 순간 이번 여름휴가가 순탄치 않으리라는 것을 예감했다.

톰과 마르트는 정말 똑같이 생긴 쌍둥이였다. 껑충한 키에 깡마른 팔다리, 짧게 자른 머리, 고집스러운 눈빛. 처음 며칠간은 나도 누가 누구인지 구별할 수가 없었다. 하지만 계속 보다 보니 둘의 다른 점이 보였다. 톰에게는 마르트에게 없는 뭔가가 있었다. 내면적인 어떤 것인데 말로 표현하기는 힘들다. 그런데 어느 날 마르트가 톰보다 20분 일찍 태어난 형이라는 말을 들었다. 그러면 그렇지, 마르트는 그냥 형일 뿐이었다. 아마 톰보다 4킬로그램은 더 나가고 키도 0.5센티미터는 더 컸을 것이다. 그 차이는 그해 여름뿐 아니라 평생을 두고 이어질 것이었다. 그런 부수적인 것들이 왜 그렇게 중요한지 그때도 이상하게 생각됐지만 분명 중요하긴 했다.

"넌 누가 더 좋아? 톰, 아니면 마르트?"

어느 날 밤, 잠을 자려고 누워 있을 때 헤니가 물었다. 루트가 아직 불을 끄기 전이었다.

"몰라."

내가 말했다.

"그걸 왜 몰라? 그럼 둘 중 하나와 결혼해야 한다면 누구랑 할 거야?"

"마르트."

"마르트는 내가 찍었어."

헤니가 말했다.

"넌 톰으로 만족해라."

"뭐야? 아, 됐어. 난 상관없으니 너 혼자 다 가져."

그건 모두 거짓말이었다. 상관없기는커녕 생사가 걸린 문제였다. 나는 한 시간도 넘게 잠들지 못하고 머릿속으로 작전 계획을 세웠다.

이틀 뒤 낚시에 쓸 지렁이를 찾다가 나는 마르트와 단둘이 있게 됐다. 나는 헤니가 내게 비밀을 털어놓았는데, 톰에게 푹 빠져 있고 마르트는 별로라고 했다고 말했다.

마르트는 아무 대답도 하지 않았다. 하지만 고집스러운 표정 속에 눈빛이 흐려지는 걸 보고 마음속 깊이 상처받았다는 걸 알 수 있었다. 우리는 한동안 말없이 땅을 팠다.

"하지만 난 네가 좋아."

내가 말했다.

"톰보다 훨씬 더."

마르트는 고개를 들고 가느다랗게 뜬 눈으로 나를 쳐다봤다.

"이리 와 봐."

마르트는 그렇게 말하고 삽을 던지더니 숨이 막힐 정도로 거칠게 키스를 했다.

나중에 보트에서 헤니가 내 입술이 부은 걸 보고 왜 부었냐고 물었다. 나는 잘 모르겠다고 하고는 마르트 쪽을 힐끗 쳐다보았다. 그것으로 충분했다. 헤니가 모든 걸 눈치챘다는 걸 느낄 수 있었다. 헤니는 갑자기 표정이 굳어졌다. 그리고 이내 스스로를 초라하게 느끼는 얼굴색이었다. 하지만 나는 내 몸 구석구석이 아름답게 느껴졌다. 약간은 흥분되기도 하고 통쾌한 기분이 들었다. 나는 혀를 내밀어 조심스럽게 내 부은 입술을 핥았다.

우리는 항상 네 명이서 함께 다녔다. 초코 킹은 그런 우리를 '반항아 사총사'라고 불렀다. 저녁 식탁에 앉을 때마다 우리에게 "우리 반항아 사총사들, 오늘은 무슨 말썽을 부리고 다녔나?" 하고 물었다. 물론 대답하는 사람은 없었다. 대답을 바라고 한 질문도 아니었다. 대신 우리는 수줍은 표정으로 웃으며 은밀한 눈길을 주고받았다.

사실 우리는 특별히 말썽을 피우거나 하며 다니지 않았다. 하지만 하고 싶은 걸 마음껏 하고 놀긴 했다. 수영, 낚시, 각종 보드게임, 자전거 타고 시내에 나가 아이스크림 사먹기, 그러기엔 너무 나이가 많았지만 텐트놀이도 하며 놀았다. 그러다 한번은 왼쪽 별채 뒤에서 천막으로 덮인 나무통과 널빤지를 발견하고 그걸로 뗏목을 만들기도 했다.

나와 마르트가 사귀는 것에 대해 특별히 말이 오가지는 않았다. 다시 키스를 하거나 하지는 않았지만 우리가 커플인 것만큼은 확실했다. 카드놀이를 하거나 배드민턴을 치거나 보트에서 노를 젓거나 자전거를 타고 시내에 갈 때에도, 아니면 그냥 산책길에서 나란히 걸으며 이야기를 나눌 때에도 우리는 항상 짝꿍이었다.

헤니는 질문을 두 번 하는 사람이 아니다. 난 헤니가 그 사실을 안다는 걸 알았고, 헤니는 내가 안다는 걸 알았다. 만약 그것에 대해 말이 오간다면 뭔가 다른 게 끼어든다는 뜻이고, 그건 곧 패배를 뜻했다. 헤니는 그런 걸 용납할 사람이 아니었다. 나 또한 마찬가지다. 우리는 서로 아무 일도 없는 척했다. 그 기술에서는 헤니를 따를 사람이 없다.

가끔은 자려고 누워 있을 때 헤니에게 뭔가 꿍꿍이가 있는 것 같은 느낌이 들었다. 이미 불이 꺼지고 루트도 드르렁드르렁 코를 골기 시작했는데, 어둠 속에서 헤니 혼자 뭔가 계략을 꾸미는 것만 같았다. 그러면 나는 빨리 그 계략을 알아내야 할 것 같아 조바심이 나곤 했다.

하지만 특별한 사건은 일어나지 않았다. 아니, 정확히 말하면 그곳에서 지내는 마지막 주에 사건이 있었다. 낮이 점점 짧아지고 밤에도 제법 깜깜해지는 8월 중순이었다. 우리는 밤에 슈바르츠 섬에 가기로 했다. 소시지와 레모네이드를 챙겨 가서 모닥불에 구워먹을 생각이었다.

슈바르츠 섬은 보트로 노를 저어 20분쯤 가면 나오는 동그란 섬이다. 지름이 100미터정도밖에 되지 않는데, 특이하게도 그 섬에는 나무가 딱 한 그루밖에 없었다. 큰 참나무인데 안드레아스 슈바르츠라는 사람의 이름을 따서 '슈바르츠 나무'라고 불렀다. 그는 1850년경 이루지 못한 사랑을 비관해 섬으로 건너가 나무에 목을 맸다. 그가 사랑한 여자의 이름은 블랑슈였는데, 곧 물속에 몸을 던져 그의 뒤를 따랐다.

그날의 그릴 파티는 순조롭게 진행됐다. 그러다 불길이 너무 셌는지 모닥불이 참나무 밑 산딸기 덩굴로 옮겨 붙고 말았다. 처음에는 물론 불을 꺼보려고 했다. 그러나 불은 섬 전체로 빠르게 번졌고, 우리는 보트로 달려가 도망치는 수밖에 없었다.

하늘은 대낮같이 환했다. 우리는 물결을 따라 기우뚱거리는 보트 위에서 안드레아 슈바르츠 나무가 활활 타오르는 모습을 지켜보았다. 내게는 그때까지 살면서 본 가장 인상적인 장면이었다. 게다가 달도 보름달이었다. 커다랗고 노란 8월의 달이 숲 위로 떠올라 있었다.

갑자기 헤니가 흐느끼기 시작했다. 톰이 그런 헤니를 안아 주었다. 그러자 헤니는 더 큰 소리로 울음을 터뜨렸다. 자기를 위로하는 사람이 마르트가 아니라 톰이어서였으리라. 한편, 마르트는 담요 밑으로 내 손을 슬그머니 잡았다.

우리는 섬 전체가 시커멓게 타버리기 전에 다시 노를 저어 집으로 돌아왔다.

다음 날 아침을 먹는데, 루트가 밤새 번개가 친 것 같다고 말했다. 슈바르츠 나무가 번개를 맞아 섬까지 다 타버렸다는 것이었다. 그러나 천둥소리를 들었다는 사람은 아무도 없었다. 참으로 이상한 일이었다.

그날 우리는 하루 종일 축 늘어져 있었고 말도 거의 하지 않았다. 아무런 인상도 남기지 않은 채 하루가 그냥 흘러가 버렸다.

그리고 다음 날 아침, 헤니와 나는 초코 킹의 로버에 타고 버스터미널이 있는 슈바빙으로 향했다. 로버 뒷좌석의 반들반들한 가죽시트 위에서 몸을 뒤척이며 우리는 서로가 더 가까워졌다는 느낌을 받았다. 그동안 인생에 대해, 그리고 우리 자신에 대해 많은 것을 배운 여름방학이었다. 살다 보면 뜻대로 되지 않는 일이 많지만 상황에 맞추며 살아가야 한다는 교훈이랄까? 로버를 타고 가는 동안 우리는 입을 꾹 다문 채 아무 말도 하지 않았다. 당연하다. 그 안에서는 킹만이 말하니까.

땀이 줄줄 흐르던 그로텐부르크 행 버스 안에서도 우리는 침묵했다. 그러나 그로부터 이틀 뒤 다시 벤야민과 함께 공원 벤치에 앉아 있을 때 헤니가 입을 열었다.

"너 그거 알아? 내 생각에 우린 원래 자매로 태어났어."

"그런가?"

내가 건성으로 대꾸했다.

"그런데 아기 때 병원에서 바꿔치기된 거야. 넌 이제까지 내가 살면서 만난 사람 중 가장 좋은 친구야."

나는 산부인과 병원에서 일하는 방식이 그리 체계적이지 않다는 것을 책에서 읽었다고 말해 주었다. 그래도 혹시나 하는 마음에 우리는 그날 저녁 늦게 의자매를 맺고 피의 맹세를 했다.

곱스하임

빌라 구아르다

아그네스 R. 앞

아그네스에게

답장 잘 받았어. 사실 나도 어떤 반응을 기대했던 건지 잘 모르겠다. 말은 그렇게 했어도 아마 딱 이런 반응이었겠지.

미안하지만 지난번 편지에 더 덧붙일 말은 없어. 그런데 분명히 짚고 넘어가야 할 게 두 가지 있어. 일단 난 멀쩡한 제정신이야. 그리고 이 계획을 반드시 실행에 옮길 거야. 내 계획을 다른 사람에게 말하지는 않을 거지? 그 정도의 의리는 지키리라 믿어. 네가 날 돕기 싫다면 그건 네 선택이니까 어쩔 수 없어. 하지만 나와 이 사안에 대해 함께 상의할 의향이 있는지 그것만은 빨리 알려 주면 좋겠어. 저번에도 말했듯이 이론적 차원에서, 만약이라는 가정하에 전혀 부담 없이 말이야. 그리고 이건 꼭 강조하고 싶은데,

절대 의무감 같은 건 느끼지 마. 그럴 필요는 전혀 없어.

보수에 대한 부분은 지난번에 말한 10만 그대로야. 사실 이보다 훨씬 덜 주고도 전문 킬러를 고용할 수 있어. 하지만 내가 그런 치졸한 방법까지 쓸 사람이 아니란 건 네가 잘 알겠지?

이번엔 짧은 편지가 되겠구나. 네가 확인을 원했으니, 난 내 입장을 다시 한 번 확인시켜 준다. 빠른 답장 기다릴게. 편지에서 네 입장을 밝혀 줘.

10월 27일 그로텐부르크에서
네 친구 헤니가.

그로텐부르크
펠리칸대로 24번지
헤니 델가도 앞

헤니에게

우연이란 게 너무 절묘하게 맞아떨어지니까 우습기까지 하더라. 어제 편지 두 통을 받았어. 하나는 네 편지, 다른 하나는 뮌헨에 있는 변호사 사무실 '클링어&클링어'라는 곳에서 온 편지.

오늘 오후 이곳 곱스하임에 사는 변호사 품퍼만 씨와 한 시간 정도 이 문제에 대해 얘기해 본 결과 내 재정 상태가 상당히 좋지 않다는 걸 알게 됐어.

잠깐, 오해는 하지 마. 먹고사는 데는 아무 지장이 없어. 오히려 차고 넘쳐. 문제는 이 집을 지키려면 여러 면에서 변경이 필요하다는 거야. 그 사람, 내 변호사 표현을 따르자면 그래. 변경이라니! 그냥 있는 그대로 말하면 될 텐데 직업병인지 최대한 돌려서 복잡하게 표현하더라고.

어쨌든 속 시원히 짧게 말하자면 돈이 부족하다는 거였어. 내가 얼마나 부족하냐고 물었더니 심각한 표정으로 이마를 찡그리면서 8만 내지 9만 정도면 지금보다 훨씬 나은 상황이 될 거라고 하더라.

헤니, 난 지금 내가 제일 좋아하는 안락의자에 몇 시간째 앉아 있어. 포트와인을 넉 잔째(아니, 다섯 잔째인가?) 마시면서 네 편지에 대해 생각해 봤거든. 물론 그 밖에 개들 목도 쓰다듬어 주고 담배도 엄청 피워 댔지. 옛날 생각도 했고. 그리고 네 표현대로 그 특별한 사안과……. 그래, 뭐 어떠니, 상의 정도는 할 수 있는 거니까. 상의 좀 한다고 무슨 큰일이 나는 건 아니잖니?

10월 30일 곱스하임에서,

급히 쓴다.

네 친구 아그네스.

닥터 마르텐스가 죽었다.

닷새 동안 혼수상태에 빠져 있다가 비가 추적추적 내리던 1월의 어느 날 아침, 이윽고 숨을 거두었다. 그가 혼수상태에 빠진 건 우리 집 계단에서 발생한 기이한 추락 사고 때문이었다.

어느 날 저녁, 마르텐스는 우리 집에 놀러와 엄마와 함께 식사를 하고 와인을 마셨다. 그리고 어쩌다 그랬는지 갑자기 전기가 나가 깜깜해진 순간 이층 계단에서 머리부터 굴러 떨어졌다.

그 죽음의 원인을 밝히기 위한 조사가 진행됐다. 하지만 조사 결과는 착실한 치과의사 마르텐스의 목뼈와 오른쪽 엄지손가락이 부러졌다는 것뿐이었다.

부활절 즈음, 그해에는 부활절이 4월 중순이었다. 엄

마는 슬픔을 어느 정도 이겨 냈다. 병원은 다른 치과의사가 인수했고, 내 방 창문 앞의 보리수나무에도 새잎이 돋았다.

나는 차츰 삶과 세상에 만족감을 느꼈다. 성적도 반에서 일등이었다. 헤니는 약간 뒤처졌고, 아담은 겨울에 병치레가 잦더니 제 실력을 발휘하지 못했다. 폐에 문제가 있다고 하는 것 같았다. 원래부터도 건강 체질은 아니었다.

가을에는 우리 셋 모두 발데마르 가에 있는 바이페어스 김나지움에 진학했다. 반에서 이 학교로 옮긴 사람은 우리 말고 다섯 명뿐이다. 마르벨과는 물론 작별이었다. 어차피 잘 어울리지 않은 지도 오래된 상태였다. 마르벨은 뢰르 상업학교 상급생들과 어울려 다니며 줄담배를 피워 댔고, 가을쯤엔 그 학교로 전학하지 않을까 싶었다. 보통 그러다가 상업학교로 빠지곤 하니까. 나는 마르벨이 분명 두 주먹 불끈 쥐고 세상을 헤쳐 나갈 거라고 믿었다.

헤니와 나는 끊임없이 조잘거렸다. 학교에서는 쉬는 시간에, 방과 후에, 함께 숙제를 할 때, 겐츠 스포츠센터에서 수영을 할 때, 저녁에는 전화로. 엄마들이 전화로 수다 떠는 걸 금지시키려고 했지만 소용없었다.

우리에게는 하늘과 땅 사이에 존재하는 모든 것이 대화의 소재였다. 나중에 커서 뭐가 되고 싶은지, 남자아이들의 본심은 무엇인지, 거짓말하는 것은 무조건 나쁜지, 부츠 선생님이 정말 음악 선생님 피츠시몬스와 사귀는지.

우리는 신에 대해서도 얘기했다. 헤니는 신의 존재를 굳게 믿었지만 나는 의심하는 쪽이었다. 만약 세상만사를 관장하는 존재가 있다면 세상이 이런 모습은 아닐 거라고 말하면 헤니는 점차적으로 나아질 거라며, 단지 그 과정이 험난할 뿐이라고 반박했다.

"우리가 죽기 전에 그런 날이 올까?"

내가 물었다.

"최후 심판의 날이 올 때까지 한 백만 년은 기다려야 하는 거 아냐?"

"둘 다 맞아. 겸허한 마음으로 착실하게 살면 우리 둘 다 잘 될 거야."

나는 조금은 경계하며 사는 게 나을 거라고 조언했다. 그렇지 않으면 악의를 가진 사람들에게 당할 수도 있으니까. 헤니는 그게 무슨 뜻인지 잘 모르겠다며 예를 들어보라고 했다. 하지만 나는 헤니가 그런 걸 모르는 게 낫겠다는 판단을 내렸고 아무 대답도 하지 않았다.

우리의 미래 구상은 이랬다. 나는 배우가 되거나 작가가 되고 싶었다. 아니면 배우 겸 작가, 둘 다 하는 것도 괜찮다고 생각했다. 헤니의 장래 희망은 매달 바뀌었다. 3월에는 수의사가 되겠다고 했다가 4월에는 의상디자이너가 된다고 했고, 5월에는 그냥 부자와 결혼해 아이를 여섯 명 낳고 싶다고 했다. 친환경 장미를 가꾸고, 프랑스의 어촌마을에서 수채화를 그릴 것이며, 남편은 국제연합에서 일하기 때문에 출장이 잦을 것이고, 부엌에는 빨강과 검정이 섞인 큼지막한 타일을 깔 거라고 했다.

내가 보기에 헤니는 너무 순진하고 변덕도 심한 편이었다. 하지만 우리는 누구도 떼어 놓을 수 없는 단짝 친구였다.

한번은 헤니가 '디미트리'라는 이름의 싹수없는 녀석에게 푹 빠진 적이 있었다. 그때 그 건달에게서 헤니를 떼어 내느라 얼마나 애를 먹었는지 모른다. 헤니는 나중에 별탈 없이 그 관계에서 빠져나온 뒤 끝까지 붙잡아 준 것에 대해 진심으로 고마워했다. 하긴 내가 생각해도 난 열세살 치고는 엄청나게 조숙한 아이였다.

여름방학에는 자르브뤼켄에 가서 아빠, 오빠와 함께 지

냈다. 아빠는 '엘제'라는 여자와는 이미 헤어져서 나는 내 옛 방을 다시 차지할 수 있었다.

아침에는 고쉰스키 빵집에서 아르바이트를 하고, 저녁에는 자전거를 타고 강가에 나가 예전 친구들을 만났다. 그런데 여름이 점점 지나가면서 내가 그 친구들보다 우월하다는 생각이 들었다. 은연중에 나는 부모님의 이혼이 내 개인적인 성장에 도움을 줬다고 생각했다.

어쩌면 아빠와 오빠를 넘어설 정도로 조숙했는지도 모른다. 사실 아빠, 오빠와 함께 뭔가를 하는 일도 없었고, 식탁에 마주 앉으면 어색한 침묵만이 감돌았다. 아빠는 10년은 더 늙어버린 듯했다. 어쩌다 입을 열면 하는 말이라고는 날씨 얘기나 자르브뤼켄 축구클럽 얘기뿐이었다. 오빠도 예전처럼 나를 때리거나 하지 않았다. 동시에 그와 함께 남매 사이의 소통 자체도 끝나버린 듯했다.

9월 1일, 헤니와 나는 다른 172명의 아이들과 함께 바이페어스 김나지움 강당에 앉아 입학식을 했다. 나는 앞으로 펼쳐질 날들에 대한 기대감으로 가슴이 설레었다. 이제 유년기는 끝난 것 같았다. 그리고 난 그 시절을 그리워하지 않을 것이 확실했다.

곱스하임

빌라 구아르다

아그네스 R. 앞

아그네스에게

네 편지 받고 너무 기뻤어. 물론 오직 돈 때문에 내 제안에 응한 게 아니길 바라지만. 미안, 내 말은 네가 이런 대화를 하게 만든 그 재정적 상황 말이야.

난 앞으로 벌어질 일들에 대해 명령하거나 지시하지 않을 생각이야. 오히려 반대야.

아그네스, 난 우리 둘이 지혜를 모아 아주 세세한 것까지 심사숙고해서 진행 과정을 논의해야 한다고 봐. 계획은 최대한 정교해야 하고, 불필요한 위험은 무조건 피해야 해. 하지만 우리 정도의 능력이 되는 여자 둘이서 그깟 남자 하나 못 죽이겠니? 안 그러니, 아그네스? 내 말은, 그 무엇도 우연에 맡겨선 안 된다는 뜻이야. 나중에 경찰이 다비드의 죽음을 조사할 때 어떤 단서도 찾을 수 없게, 도대체 누가 어떤 힘이 작용했는지 알 수 없게 말이야.

그리고 이건 내 생각인데, 가장 시급한 건 내 알리바이를 확실하게 만드는 거야. 남자가 죽었을 때 경찰이 가장 먼저 의심하는 사람은 그 남자의 아내거든. 경찰이 다비드의 불륜 사실을 알아내든 못 알아내든 우리 경우도 그럴 거야. 즉, 이 점에서는 아주 작은 실수도 있어선 안 돼. 중요한 건 절대로 내가 의심받아선 안 된다는 거야. 이 조건을 충족시키기 위해선…….

미안해 아그네스, 내 말투가 너무 형식적이고 기계적으로 들리지? 사실 나도 좀 이상해. 하지만 지금 감정적으로 생각한다면 그건 그야말로 패착일 거야. 즉, 내게 알리바이가 생기려면 다비드가 죽는 시점을 어느 정도 알고 있어야 해. 그리고 이 시점에 나는 살해 현장에서 멀리 떨어진 곳에 있어야 해. 그것만으로도 용의자 명단에서 지워질 수 있도록 그걸 증명할 수 있어야 한다는 거지. 이걸 증명할 수 있으려면 아마 증인이 있어야겠지? 네 생각은 어떠니, 아그네스?

자, 정리하자면 두 가지 가능성이 있어. 내가 다른 곳에 있을 때 우리 집에 와서 다비드를 죽이든가, 아니면 내가 집에 있고 다비드가 다른 곳에 있을 때 거기 가서 죽이든가.

이 두 가지 가능성의 장단점을 생각해 봤는데, 난 후자 쪽이 나은 것 같아. 다비드가 다른 곳에서 죽었으면 좋겠어. 일단 우리 딸들을 우선적으로 배려해야 하니까. 만약 집에서 그런 일을 겪게 되면 무척 힘들어할 테고 두고두고 트라우마가 될 거야. 물론 사건이 일어나는 날 아이들을 여행 보내서 그날 밤 집에 없도록 하는 방법도 있지. (이상하네, 나도 모르게 밤이라고 생각하고 있어.) 어쨌든 아빠가 살해된 집에서 계속 사는 건 아이들에게 못할 짓이야.

기본적으로 내 생각은 이래. 나머지는 네 생각을 들어보고 나서 말할게. 먼저 살인은 그로텐부르크에서 멀리 떨어진 곳에서 일어나야 해. 뮌헨이나 베를린, 함부르크의 호텔방이면 좋겠지. 다비드는 한 달에 두세 번씩 출장을 가니까 적당한 기회를 찾을 수 있을 거야.

살해 방법에 대한 건 네가 알아서 하면 돼. 난 아무래도 상관없어. 마음 같아선 칼로 목을 따버리고 싶지만 그건 너무 위험해. 피도 너무 많이 날 테고. 가장 안전한 건 역시 권총으로 머리를 쏘는 걸 거야. 하지만 어디서 권총을 구할 것인가 하는 문제가 있지.

물론 다른 방법도 많을 테지만 이 문제에선 네 의견이 가장 중요하니까 네가 한번 잘 생각해 봐. 그리고 유쾌한 일은 아니지만 외관상의 문제나 합리적 관점에서 네가 선호하는 게 있을 테니까 말이야. 물론 시간상으로도 그렇게 급할 건 없어. 하지만 너무 멀지 않은 미래에 실행에 옮겨졌으면 좋겠어. 2, 3개월 내에는 끝나야 하지 않을까? 아이들 여름방학 계획도 세워야 하고 다른 할 일도 많으니까 늦어도 부활절 전에는 마무리가 됐으면 좋겠어.

자, 오늘은 이쯤하자. 아그네스, 곧 답장해 줘. 네 생각이 어떤지 듣고 싶어.

편지를 쓰다 보니 네가 너무 보고 싶다. 하지만 다비드 일이 처리되기 전까지 직접적인 접촉은 피하는 게 좋을 것 같애. 거사 후에도 반년 정도는 만나지 않는 게 안전할 거야. 이 얘긴 다음에 자세히 하도록 하자.

사랑해, 그리고 고마워.

11월 11일 그로텐부르크에서
헤니.

그로텐부르크
펠리칸 대로 24번지
헤니 델가도 앞

헤니에게

편지 잘 받았어. 사실 편지 읽는 동안 기분이 좀 이상하더라. 우리가 마치 오래전부터 이 위험한 길에 서 있었던 게 아닌가 하는 생각이 들었어. 돌아갈 수도, 옆으로 빠질 수도 없는 길이지. 하지만 오늘 저녁 와인을 두 잔 마시고 나니 '발정 난 수녀'처럼 정신이 말짱해졌어. 바이페어스 학교의 클림케 선생님 기억나니? 걸핏하면 이 표현을 썼잖아. 발정 난 수녀. 도대체 어디서 나온 표현일까 하고 항상 궁금했었지.

우선 네가 말한 부분에 모두 동감이야. 이런 안 좋은 일로 너희 집을 찾아가는 것보단 모르는 호텔방에서 해치우는 게 훨씬 낫지. 그런데 너 아이들과 함께 집에 있는 것만으로 괜찮겠니? 더 강력한 알리바이가 필요하지 않을까?

내 생각엔 네 딸들의 증언만으로는 부족할 것 같아. 아이들이 부모를 상대로 법정에서 증언을 할 수 있는지 어떤지도 모르겠지만 말이야. 텔레비전에서 재판을 다룬 영화 몇 편을 보고 나서 느낀 점이야. 사실 그런 건 조금만 신경 쓰면 되는 문제이기도 해. 예를 들어 저녁에 친구들을 초대해서 밤늦게까지 붙잡아 두는 방법도 있어.

밤에 사건이 일어나야 한다는 네 말에는 나도 전적으로 동의해. 가장 좋은 건 자고 있을 때 저세상으로 보내는 거겠지. 어떠니? 네 남편은 깊이 잠드는 편이니, 아니면 작은 소리에도 금방 깨니? 이런 세부 사항들 중 네가 말해 줘야 할 게 좀 있을 거야. 계획이 진행되다 보면 자연스럽게 얘기가 나올 테니 그때그때 알아나가기로 하자.

나도 나름대로 호텔방에 어떻게 들어갈 건지 생각해 봤어. 낮에 들어가서 숨어 있을 건지 아니면 나도 그 호텔에 방을 빌릴 건지. 방을 빌린다면 변장하고 다른 이름을 대야겠지? (그런데 요즘 호텔에서 방 빌릴 때 신분증 요구하지 않나?)

이 얘기도 나중에 차차 해 보자. 방법에 있어서는 나도 불필요한 폭력을 쓰거나 과도하게 피를 흘리고 싶지는 않

아. 사실 이 문제는 간단하게 해결할 수 있어. 내게 총이 한 자루 있거든. 벨기에산 베렝거인데 쓸 만해. 한참 전에 시숙부가 돌아가셨을 때 남편이 가져왔어. 우리가 그걸 가지고 있다는 걸 아는 사람도 없고. 지금은 물론 우리가 아니라 나지. 몇 년 전에 재미로 쏴 본 적이 있는데 아주 잘 작동하더라고. 총알도 두 상자나 있고. 내 생각엔 이게 가장 안전하고 확실한 방법이야. 추적할 방법도 없지만 뭣하면 일이 끝난 후 숲에 묻어버리면 되고.

그리고 날짜에 관해 물었지? 헤니, 난 아무 때나 괜찮아. 네가 해당 날짜와 호텔, 도시를 알려 주면 언제라도 출발할 수 있어. 물론 그 전에 충분히 얘기가 되어야 하고, 세부 사항까지 완벽하게 준비돼 있어야 한다는 전제 조건이 붙지만.

그리고 보수에 대한 부분은 합의된 것으로 알고 있을게. 변호사 품퍼만 씨를 통해서 헨리와 클라라에게 집에 대한 지분을 나눠 주겠다고 운을 띄워 놨어. 이건 나도 너에게 바라는 바인데, 아마 약속을 확인하는 차원에서 크리스마스 전까지는 선불을 받고 싶어 할 거야. 적어도 품퍼만 씨의 말을 해석하자면 그래. 그 사람 말은 정말이지 해석을 하지 않으면 안 된다니까.

헤니, 2만이면 괜찮을 것 같은데 어떠니? 나머지 액수의 수령에 대해서는 거사일이 가까워지면 얘기하고. 참, 아까 밤이라고 했지? 그럼 거사의 밤이겠구나.

이제 화제를 바꿔 볼까?

그로텐부르크의 날씨는 어떠니? 여기 곱스하임은 11월치곤 비 오는 날이 너무 많아. 하늘도 우중충하고. 글쎄 개들조차 집 밖으로 안 나가려고 한다니까.

너와 함께 따뜻한 남쪽나라로 휴가라도 다녀온다면 삶의 에너지가 샘솟을 것 같은데 말이지. 하지만 그런 날이 오려면 한참 기다려야겠지?

고마움과 사랑을 전하며,
11월 17일 곱스하임에서
아그네스.

PS. 편지를 접다가 문득 위험한 상황이 떠올랐어. 만약 호텔 방에 그 여자가 함께 있으면 어떡하지? 그러지 말라는 보장이 없잖아.

그러던 어느 날 저녁.

나는 과제물을 채점하느라 여덟 시까지 학교에 남아 있었다. 제출된 과제물 열세 건 중 세 건은 자격 미달이었다. 셋 모두 남자애들의 것이었다. 아니, 남자애들이 아니라 청년이라고 해야 하나? 온갖 아는 척은 다 하는 스무 살에서 스물세 살 사이의 풋내기들을 뭐라고 불러야 할까? 나는 그들이 몇 살인지도 잘 모른다. 그중에서도 가장 학업 성취도가 떨어지는 디트마르는 아마 스물다섯 살은 됐을 것이다. 반면 피요트르는 삐딱한 헤어스타일과 여드름 때문에 열아홉 살 정도밖에 안 돼 보인다. 어쨌든 나는 그들이 크리스마스 전에 내 강의에서 나가 1월부터는 좀 수월한 학과로 옮기길 바라고 있다. 예를 들면 교육학이나 심리학, 아니면 수량화가 가능한 자연과학 분야로 말이다.

집에 가는 길에는 비가 내렸다. 뮌스터스도르프에서 성으로 가는 길에는 온통 젖은 낙엽이 깔려 있었다. 나는 천천히 차를 몰며 헤니에 대해 생각했다. 헤니는 정말 특이한 사람이다. 어쨌든 지금은 특이한 사람이 됐다. 앞으로 우리에게 닥칠 일들을 생각하면 연락이 없던 그 긴 세월이, 그 거리가 꼭 필요했던 것 같기도 하다. 마치 어떤 초월적 힘의 연출 혹은 안무에 의해 이렇게 되도록 처음부터 정해져 있었던 것처럼. 물론 이렇게 우중충한 날씨엔 그런 생각이 들게 마련이지만.

나는 장례식에서 누군가 헤니의 존재를 눈치채지 않았을까 생각해 보았다. 물론 다들 헤니를 보았으리라. 하지만 헤니가 누군지 궁금해서 곰곰이 생각해 본 사람이 있을까? 아니, 그렇진 않을 것이다. 장례식에는 손님이 많았고, 손님들 대부분은 서로 모르는 사이였다.

돈은 오늘 아침 입금됐다. 클라인마르크트 지점에서 통장정리 사본을 뽑아 보니 2만 유로가 떡하니 찍혀 있었다. 순간 심장이 덜컥했다. 마치 영화나 꿈 같은 허구의 세계에 있다가 갑자기 잔인한 현실 세계로 뚝 떨어진 것 같았다.

이제 주사위는 던져진 걸까? 다시는 돌이킬 수 없는 걸까?

아니, 그건 착각이다. 난 전혀 돌이키고 싶지 않다. 사실 이 일에서 발을 빼고 싶은 생각은 진즉 없어졌다. 이 계획은 신기하게도 나를 성적으로 긴장시킨다. 이런 을씨년스러운 계절에 꼭 필요한 변화이기도 하다.

막 차를 차고에 집어넣었을 때 불현듯 트리스트람 싱이 떠올랐다. 그리고 한번 떠오른 그의 모습은 저녁이 다 가도록 머릿속에서 떠나지 않았다. 개들을 데리고 산책을 나갈 때에도, 언제나처럼 벽난로 앞에 앉아 한 시간 정도 혼자만의 시간을 보낼 때에도.

나는 이 안락의자에서 너무 많은 시간을 보내는 경향이 있다. 마치 소파에 푹 파묻혀 옛 기억을 꺼내 보는 게 소일거리인 여든 살 할머니 같다. 하지만 난 그 나이의 절반밖에 살지 않았고, 내면의 목소리는 내 인생의 가장 중요한 사건이 아직 일어나지 않았다고 말하고 있다.

나는 잠자리에 들기 전 내가 아끼는 바런의 구절을 읽었다. 과제랍시고 낸 엉터리 산문들을 읽느라 힘들었던 시간에 대한 보상 차원이랄까?

미스 베아테 볼링어의 삶을 돌이켜보면 그녀의 심장은 281만 3천669번 뛰었다. 그중 네 번은 1971년의 어느 봄날 저녁 김젠(Gimsen)에서 안경원 조수 아르놀드 마우러를 향한 것이었다.

클라우스 요제프.

나는 그를 한 집회에서 알게 됐다. 무슨 시위였는지는 정확히 기억나지 않는다. 아마도 남아프리카 문제였을 것이다. 그는 나보다 한 살 많았고 트라비(동독산 경차 트라반트의 애칭_역주)를 타고 다녔다. 군 입대를 기다리며 철학과 수업을 듣고 있었다. 우리는 커플이 됐다. 하지만 나는 그를 사랑하지 않았고 잠자리를 함께하지도 않았다.

거의 비슷한 시기에 1981년 가을, 헤니는 안스가르와 만나기 시작했다. 안스가르는 믿음을 내던진 목사의 아들이었다. 그의 어머니는 남편과 아들을 클루벤휘케 목사관에 남겨 둔 채 재즈음악가 애인과 함께 캐나다로 떠나버렸다. 그 후 그의 아버지는 블루멘베르크 농장에서 셰퍼드 키우는 일을 하고 있었다. 안스가르는 상당히 예민한 성격의 청년이었고, 헤니의 착한 마음씨를 동하게 하는 데가 있었다.

헤니 역시 안스가르와 함께 잠을 자진 않았는데, 원하지 않아서가 아니라 종교적인 이유라나 뭐라나 그런 것 때문이었다. 하지만 우리는 클라우스 요제프의 트라비에 비집고 들어가 몸을 비벼 대고 바지춤에 손을 집어넣어 서로를 문지르고 신음소리를 내기도 했다.

가끔은 차를 타고 여행을 떠나기도 했다. 목적지는 주로 울밍이나 베스트도르프였다. 우리는 네카 강의 구불구불한 상류에 위치한 그 작은 마을들을 좋아했다. 안스가르와 클라우스 요제프는 둘 다 조류학에 관심이 많았기 때문에 안스가르의 망원경으로 새를 관찰하는 일도 많았다. 아니면 연대, 캄보디아, 남아프리카를 들먹이며 정치 이야기를 했다. 헤니와 나는 김나지움 졸업반이었고, 안스가르와 클라우스 요제프는 이미 졸업한 상태였다. 그 이유로 그들은 우리보다 정치에 대해 많이 안다고 착각하곤 했다. 그럴 때마다 나는 속으로 생각했다.

'에라, 개똥이다.'

트라비의 열린 창문 사이로 비가 들이쳤다. 나는 종종 생각에 잠겨 멍하니 있을 때가 많았다.

트리스트람 싱은 졸업 전 마지막 해 1월에 우리 반으로 전학을 왔는데, 원래는 영어수업에만 참여하기로 되어 있었다. 영어시간에 그는 옛날 영국 코미디에서 튀어나온 듯한 영어 억양으로 디블 선생님의 기묘한 질문에 답하곤 했다. 그러면 우리는 목까지 차오른 웃음을 꾹 참아야 했다.

원래는 영어수업만 한다고 했던 그가 웬일인지 나중에는 다른 수업에도 참여하게 됐다. 그는 여동생 다섯 명과 함께 부모님을 따라 이곳에 왔는데, 그의 아버지는 일종의 외교관이었고 6개월 내지 1년 정도 우리 마을에 머물 거라고 했다. 그러니 시간을 때우려면 수업이라도 들어야 했으리라.

그는 몸집이 작고 겸손했으며 조심스럽게 행동했다. 피부는 부드러운 구릿빛이었는데 나는 그 색에서 도통 눈을 뗄 수가 없었다. 그러다 클라우스 요제프와 안스가르를 보면 양곱창으로 만든 허여멀건한 백소시지가 떠올랐다. 어느 날 저녁, 붉은 날개제비와 칠레 농촌 상황에 대한 토론을 마친 후 헤니와 그 얘기를 하는데 헤니도 딱 그 표현을 썼다. 헤니가 안스가르 전체를 말한 건지, 아니면 국소적 부위를 의미했는지는 알 수 없다.

어쨌든 트리스트람 싱의 눈에 어린 우수는 천년의 세월을 담고 있는 듯했다.

2월 초 어느 날, 그는 우리와 함께 블리싱엔에 갔다. 블리싱엔은 대학 카페인데, 우리는 가끔 친구들과 함께 몰려가 맥주를 한잔씩 하며 예술의 존재에 대한 토론을 벌이곤 했다. 그날은 누구 생일이었는지 인원이 꽤 많았다. 트리스트람 싱은 맥주도, 와인도 거절하고 차와 물만 마셨다.

그는 나와 헤니 사이에 앉았다. 아이보리색 린넨 정장 차림이었는데 생소하면서도 좋은 냄새를 풍겼다. 그는 나와 헤니를 똑같이 정중하게, 그리고 진지하게 대했다. 11시 15분이 되자 그가 먼저 일어서겠다고 했다. 자정 전에 집에 들어가기로 어머니와 약속했다는 것이었다. 헤니는 옆에 앉은 안스가르를 힐끗 쳐다보았고, 나는 내 옆에 앉은 클라우스 요제프를 쳐다보았다. 그리고 우리 둘은 약속이라도 한 듯 그를 집에 데려다주겠다고 한목소리로 말했다. 연약한 인도인 친구가 낯선 그로텐부르크의 밤길을 혼자 가게 내버려두는 건 친구의 도리가 아니지 않은가. 우리는 바깥 공기도 쐴 겸 다녀오겠다며 일어섰다.

"사랑은 사랑하고 있는 사람을 초월하는 어떤 힘이야."

헤니가 말했다.

"그래서 사랑은 강제할 수 없어."

어디서 읽었는지 모르겠지만 헤니는 그게 마치 자기 생각인 것처럼 말했다.

"낭만에 목매는 사람, 덜떨어진 청춘들, 발정 난 개들에겐 그렇겠지."

내가 대꾸했다.

"하지만 이성적인 사람이라도 한번 감정의 바다에 빠지면 다시 뭍에 오르지 못하는 불상사가 일어날 수 있지."

"오직 돈밖에 사랑하지 못하는 사람도 많으니까."

클라우스 요제프와 안스가르가 없을 때 우리는 이런 식의 대화를 나누곤 했다. 헤니와 나 말이다. 가끔은 질베르 슈타인 부인이 내준 작문에도 그런 표현을 쓰곤 했는데, 성공적일 때도 있고 아닐 때도 있었다. 어떤 때는 작문 가장자리에 "똑똑하네."라고 쓰여 있었고, 어떤 때는 "표현은 거창한데 생각은 그렇지 않은 것 같구나."라고 돼 있었다.

"감정과 사고는 꼭 적대적일 필요가 없어."

헤니가 다시 말했다.

"둘이 함께 갈 수도 있어. 그러려면 먼저 둘 다 손에서 놓아야 해."

"아름다운 사람은 절대 사랑을 이해할 수 없다."

내가 인용했다.

"그들은 사랑의 대상이 되도록 저주받았다. 우린 둘 다 예쁘잖아. 안 그러니, 헤니?"

헤니는 생각에 잠긴 채 건성으로 프랑스어 문법책을 뒤적였다. 다음 날 시험이 있어서 우리는 내 방에서 공부를 하고 있었다. 공부를 해야 했지만 우리의 대화는 사정없이 주제를 벗어나고 있었다.

"그렇지 않아."

이윽고 헤니가 말했다.

"예를 들어 트리스트람 싱은 사랑을 이해할 만한 소양을 충분히 갖춘 사람이야."

"아, 그래?"

내가 건성으로 물었다.

"그렇다니까."

헤니가 대답했다.

"정말 반짝이는 구릿빛 피부를 가지긴 했지만……."

헤니는 말없이 창밖을 내다보았다. 2월은 끝날 줄 몰랐고 사흘째 줄곧 비만 내리고 있었다.

우리의 시선은 서로에게 머무는 시간이 길어졌고, 왠지 모르게 엉키곤 했다. 오로지 지겹다는 이유 하나만으로 시간이 멈춰 버리곤 하던 때였다.

"안스가르와 헤어져야 하지 않을까 생각 중이야."

이윽고 헤니가 입을 열었다. 그리고 꾸민 듯 약간 과장된 한숨을 내쉬었다.

"난 클라우스 요제프 어제 이미 찼는데?"

내 말에 헤니와 나 둘 다 웃음을 터뜨렸다. 우리는 서로 얼싸안고 미친 듯이 웃었다. 프랑스어 책이 바닥에 떨어지고 너무 웃어서 눈물이 날 지경인데도 웃음이 그치질 않았다. 헤니는 배가 아프다며 배꼽을 잡았고, 나는 오줌 나올 뻔했다며 또 웃었다.

"아그네스, 우린 피로 맺어진 자매야."

헤니가 말했다.

"이 세상에 우리를 갈라놓을 수 있는 건 없어."

"당연하지."

곱스하임

빌라 구아르다

아그네스 R. 앞

아그네스에게

편지 잘 받았어. 읽고 나니 기쁘기도 하고 걱정되기도 하더라. 기쁜 건 네가 이 일을 정말 진지하게 생각하고 있다는 걸 알게 돼서야.

네가 가지고 있다는 벨기에산 권총 말이야, 제대로 작동되는 게 확실하고 네가 잘 다룰 줄 안다면 그걸 사용했으면 좋겠어.

걱정되는 건 네가 추신에 쓴 내용 때문인데, 그렇게 생각하니 정말 불안해졌어. 심각하게 고민해 봐야 할 것 같아.

맞아, 다비드는 출장지에서 그 여자를 만났을 거야. 밤이면 밤마다 호텔방에서 뜨거운 밤을 보냈겠지. 난 그 생각을 할 때마다 위장이 뒤집힐 것 같아. 매달 출장 갈 때마다 빼놓지 않고 만났겠지. 올해만 해도 백 번도 넘게 붙어

먹었을 거야. 이제 좀 알 것 같아. 내가 처음에 생각했던 것 보다 훨씬 오래전부터 만나왔던 거야. 난 요즘 우리 딸들에게 아빠라는 인간이 어떤 사람인지 말을 해줄까 말까 고민 중이야. 사람이 어떻게 그렇게 저속할 수가 있어? 이런 통속적인 방법으로 날 배신하다니!

하지만 그 여자에겐 관심 없어. 어디 술집 같은 데서 굴러먹던 여자인지 아니면 겉으로는 멀쩡하고 정숙한 척하는 여자인지 내가 알 게 뭐람? 그 여자가 바람피운 이유가 뭔지, 동기가 뭔지 전혀 궁금하지 않아. 누군지 알고 싶지도 않아. 물론 그 여자도 저속하긴 마찬가지지만 그건 그여자가 알아서 할 일이니 상관할 바 아니지. 여기서 죽어야 할 사람은 그 여자가 아니라 다비드니까. 그 여자는 내관심 밖이야.

그런데 정말 네가 말한 상황이 되면 어떻게 해야 할까? 네가 제때 그 생각을 해내서 얼마나 다행인지 모르겠다. 아그네스, 난 그 여자가 죽길 바라지 않아. 일이 복잡해지는 건 둘째 치고 그 둘이 함께 죽는다면 경찰의 의심이 온통 내게로 쏠릴 테니까. 다비드는 죽어도 싼 짓을 했으니죽어야 해. 하지만 그 여자는 놔주자고. 이 지점에서 우린 의견을 통일해야 할 것 같아.

그런데 또 다른 한편으로 생각하면 그렇게까지 걱정할 필요가 없기도 해. 예를 들어 네가 다비드를 죽인 후 그 여자가 다비드의 시체를 발견했다고 쳐. 그럼 어떻게 될까? 그 정도 양념이 들어간다고 해서 우리의 요리가 망할 것 같진 않은데, 네 생각은 어때? 그 여자도 도망치지 않을 이유가 없잖아. 아니면 내가 잘못 생각하는 거니, 아그네스? 만약 네가 어떤 유부남과 불륜관계에 있다면, 그런데 비밀 만남의 장소에 그가 죽은 채 쓰러져 있다면 바로 경찰에 신고하겠니? 네가 누군지, 죽은 사람과 어떤 관계인지 다 밝힐 거야? 난 아닐 거라고 생각해. 그 여자가 살해 현장을 목격하지 않는 한 그 존재는 중요하지도 않고 두려워할 만한 것도 아니야. 그리고 쏴야 할 때가 되면 혼자인지 아닌지 어렵지 않게 알아낼 수 있지 않을까? 안 그러니, 아그네스? 그리고 꼭 호텔방에서 쏴야 한다는 법도 없어. 호텔 근처 골목길에서 등 뒤에 한 방이면 되잖아. 핸드백에 권총을 넣고 천천히 산책을 하다가 말이야. 그런 식으로라면 총리도 쏠 수 있겠다. 그냥 여러 가지로 생각을 해 보는 거야. 죽어 마땅한 죄를 지은 그 인간에게 내가 직접 방아쇠를 당기지 못하는 게 한스러울 뿐이야.

자, 이쯤하고. 아그네스, 잘 생각해 보고 네 의견을 말해줘. 이제 적당한 시간과 장소를 정해야 해. 내 생각엔 새해 벽두보다는 좀 시간이 지난 다음이 좋을 것 같아. 다비드의 일정표를 들춰 봤는데 1월과 2월에 최소 네 번의 출장이 있어. 출장은 각각 이틀씩이고. 내가 정확한 일정을 알아내서 다음 편지에서 알려 줄게.

여기 그로텐부르크는 크리스마스 분위기로 한창 들떠있어. 이제 나도 가족 모임을 준비할 때가 됐지. 이 짓도 올해가 마지막이라고 생각하면 즐거워지기도 해.

돈은 잘 받았지? 나머지 8만은 어떻게 처리해야 할지 모르겠어. 내가 널 믿듯이 너도 날 믿어 줬으면 좋겠어, 아그네스.

난 지난 19년이 시간의 다른 층 속으로 사라진 것처럼만 느껴져. 말하자면 다른 공간으로 말이야. 너도 그렇지 않니? 네가 정말 보고 싶어. 하지만 지난번에도 말했듯이 그때까지는 좀 기다려야겠지?

아그네스, 그때가 오면 우리 1, 2주 정도 시간을 내보는게 어떠니? 짧은 가을여행을 떠나는 거야. 유쾌한 미망인

둘이서 지중해를 접수하는 거지. 어때, 너도 가고 싶지? 아이들 봐줄 사람은 있어. 내 동생 벤야민 기억나지? 그 집에서 우리 애들 잘 봐주거든. 카를스루헤에 사는데, 가끔 그쪽으로 아이들을 보내. 그 집 아이들이 우리 집에 오기도 하고. 물론 그 집 형제는 우리 애들보다 어리지만.

어쨌든 크리스마스 지나고 새해에 실행하는 걸로 하자. 그럼, 긴 휴가 잘 보내렴. 대학에서는 꽉 찬 한 달이던가?

답장 기다릴게.

12월 8일 그로텐부르크에서,

너의 헤니로부터.

그로텐부르크
펠리칸 대로 24번지
헤니 델가도 앞

헤니에게

답장이 너무 늦었지? 미안해. 여행 다녀오느라고 연락을 못했어. 크리스마스 직전에 학교 동료가 도저히 거절할 수 없는 제안을 해왔지 뭐야. 2주간의 뉴욕여행.

그 강사 누나가 국제연합에서 일하는데 맨해튼에 집이 있대. 그래서 크리스마스 전날 출발해서 어제 곱스하임에 도착했어. 정말 잘 쉬고 왔어. 74번가에 위치한 방 세 개짜리 집인데 창밖으로 눈 덮인 센트럴파크가 훤히 내다보이는 곳이었어. 연극도 보러 가고 영화관, 박물관에도 가고 쇼핑도 하면서 잘 지냈어.

참, 네 말대로 우리 함께 여행 가자. 그런데 솔직히 난 대도시가 좋더라. 음…, 바르셀로나나 로마도 괜찮고, 뉴욕 한 번 더 가도 좋지 뭐. 여행에 대해선 나중에 얘기할 시간이 있겠지?

네가 지난번 편지에서 언급한 것들, 잠재적 위험성에 대해 나도 생각해 봤는데 대부분은 네 생각과 같아. 그 여자가 현장에 있을지 없을지 모르기 때문에 너무 상세한 계획을 짤 필요는 없을 것 같아. 그리고 그 여자가 그 자리에 있다고 해서 크게 문제될 것도 없고. 결국 최종 결정은 즉석에서 이루어져야 하니까 모든 상황을 예측할 수는 없지 않겠니? 그냥 그 순간 내가 맑은 정신으로 올바른 선택을 하리라는 것을 믿어야 하지 않을까?

그리고 헤니, 내가 장담하는데 결정적인 순간에 내 손이 떨리는 일은 없을 거야. 기회다 싶으면 단행할 거고, 위험 부담이 너무 크다 싶으면 물러나 기다릴 거야. 사람 하나 쏘는 데 1초면 되지 않겠니? 총을 쏜 후 몸을 피하는 데도 더 많은 시간이 걸리진 않아.

어쨌든 헤니, 내가 잘 알아서 할 테니 나만 믿어. 넌 가능한 일정과 장소를 두 개씩 정해서 알려 주고. 그러면 다음 편지에서는 네 남편이 앞으로 얼마나 살 수 있는지 알게 될 거야.

내가 없는 동안 이곳 곱스하임에는 드디어 약간의 눈이

내렸고, 강도 얼어붙었어. 그로텐부르크 날씨는 어떠니?

1월 10일 곱스하임에서,
사랑하는 친구 아그네스로부터.

PS. 편지를 다 썼다고 생각한 순간 생각이 났는데, 너희 친
구나 지인 중에 다비드의 불륜 사실에 대해 알고 있는
사람이 있니? 알고 있으면서도 그게 예의라고 생각해
말 안 한 사람이 있을 수 있잖아. 물론 비겁함, 무사안
일주의의 표현일 뿐이지만. 그리고 네가 남편의 불륜
사실을 아는 걸 아는 사람은 없어? 지금 당장은 이게
얼마나 중요한 문제인지 판단이 서지 않지만 한번 생
각해 보는 것도 좋을 것 같아.

개들이 불안해한다. 특히 바그너가. 2주간 바르트 씨 집에 맡긴 게 너무 길었던 걸까? 전에도 그런 적이 있지만 그때는 괜찮았다. 어쩌면 에리히의 부재 때문일지도 모르겠다. 그렇다, 당연히 그럴 수밖에. 에리히가 없는데 나마저 오랫동안 자리를 비우자 차곡차곡 쌓여 있던 그리움이 밖으로 표출된 것이리라.

가끔은 나도 그가 그립다. 에리히 말이다. 지난 몇 년간 잠자리도 함께하지 않았고 서로에게 딱히 살갑게 대하지도 않았지만 우리에게도 좋은 시절이 있었다. 지나고 보니 그렇다. 사람이란 그때가 지나야만 진실을 깨닫게 되는 것 같다.

열정과 모험을 좇아 남편과 결혼한 건 아니었다. 전혀 아니다. 하지만 삶이란 그런 요소로만 이루어진 건 아니다. 그 요소들은 다른 형태로 존재하기도 한다. 뭐랄까…, 커튼 뒤에 숨어 등장을 기다리고 있다가 필요하면 튀어나오는 상상 속의 동반자처럼? 만약 그런 일이 생긴다면 말이다.

말이 너무 많다. 피곤하다. 뉴욕에서는 잠을 통 자지 못했다. 시차 때문이었을 것이다. 시차 때문이 아니었다고 해도 그리 나을 건 없다. 한 3시 반쯤 잠이 깨면 다시 잠들기가 힘들었다. 책을 읽어 보려고 해도 집중이 안 되고, 헤니에게 편지를 두 통 썼지만 조각조각 찢어버렸다. 결국은 텔레비전에서 재미없는 영화를 보거나 음악을 들었다. 콜트레인(존 콜트레인, 미국 색소폰 연주자_역주)과 덱스터 고든(미국 테너 색소폰 연주자_역주), 원래는 에리히가 좋아하던 음악인데 나도 따라 좋아하게 됐다.

나는 그렇게 마그리트의 그림 같은 센트럴파크를 내려다보며 내 미래를 상상해 봤다. 3개월, 6개월, 1년 후 내 미래는 어떤 모습일까?

불안하지는 않았다. 그건 지금도 마찬가지다. 그저 받아들이기 힘들지만 어떤 황홀감에 강하게 끌리는 느낌이다. 사실 다시 살인을 하게 되리라고는 생각하지 못했다. 그러나 세상일이라는 게 어디 생각대로만 되는 것이던가. 이런 일은 예고하고 찾아오는 게 아니다. 보아하니 등장을 기다리던 다른 동반자들의 차례가 된 것 같다. 막상 그들이 등장하고 나면 선택의 여지는 없어진다. 무대가 준비됐다면 그냥 그대로 가는 거다.

개강까지는 아직 2주가 남았다. 얼마나 다행인가. 올겨울 나는 혼자 있는 시간에 끝없이 목마르다. 사람도 거의 만나지 않고 개들과 함께, 그리고 내 생각들을 벗 삼아 지낸다. 내 애인과 미래에 대한 생각들.

헤니와 트리스트람 싱이 손을 잡은 모습을 본 것은 학생 식당에서였다. 때는 3월 초, 그날은 금요일이었고 비스듬히 내려진 블라인드 사이로 들어온 햇살이 헤니의 머리카락과 왼쪽 어깨 반쪽에 줄무늬 그림자를 드리우고 있었다. 그 자리에 모인 사람은 여섯 명쯤이었다. 탁자 위에는 교과서, 빈 커피 잔, 담배꽁초가 든 재떨이, 낱장의 카드들이 널브러져 있었다.

헤니와 트리스트람 싱은 나란히 앉아 수줍게 서로의 손을 잡고 있었다. 탁자 밑으로 손을 반쯤 감춘 것을 보면 남들에게 보이려는 것 같지는 않았다. 아니, 반대였을 수도 있다. 그렇게 정교하게 숨김으로써 시선을 끌고 싶었는지도 모를 일이다.

불현듯 현기증이 느껴졌고 심한 구역질이 올라왔다. 나는 초인적인 힘으로 겨우 구역질을 누르고 벌떡 일어섰다. 의자가 나동그라졌다. 나는 말없이 밖으로 뛰쳐나갔다.

아래층 화장실에서 그날 먹은 모든 것을 토했다. 아니, 그때까지 살면서 먹은 모든 것을 토하는 기분이었다. 그러고 나서 기진해서 바닥에 엎드려 있는데, 갑자기 쨍한 두통이 밀려왔다. 머릿속에서 번개가 치고 하얀 불꽃이 튀는 것만 같았다.

'왜 이러지?'

나는 속으로 생각했다.

'이렇게 죽는 건가?'

죽을 병은 아니었다. 그건 조금 다른 종류의 병이었다. 맞잡은 두 손, 깍지 낀 하얀 손과 부드러운 구릿빛 손이 꿈속에 어른거렸다.

헤니와 나는 이틀째 아무 말도 하지 않았다. 그건 아주

드문 일이다.

그 발작이 있은 후 나는 아프다며 학교에 나가지 않았다. 정말 아픈 건지는 알 수 없었지만 당분간 침대를 떠나고 싶지 않았다. 헤니에게 전화가 왔지만 나는 열이 있다고 둘러댔다. 내가 아무 말도 하지 않자 헤니도 침묵했다. 차마 입을 떼지 못하는 것 같았다.

엄마는 뫼스너 선생님을 모셔 왔다. 진찰 결과 별다른 이상은 발견되지 않았다. 의사는 과로로 진단하고 과일즙을 처방했다.

그렇게 일주일이 지나자 상태가 나아졌다. 나는 다시 학교에 나갔다. 그 사이에 수학시험이 하나 있었지만 시험 하나 놓쳤다고 세상이 무너지는 것도 아니다.

헤니와 다른 친구들이 방과 후에 맥주를 마시러 가자고 했다. 언제나처럼 블리싱엔으로. 그다음에는 클라인마르크트에 있는 엠바르고 클럽에서 록 콘서트가 있다고 했다. 나는 나은 지 얼마 안 돼서 조심해야 한다며 거절했다. 하지만 하루 종일 트리스트람 싱과 헤니에게서 눈을 떼지 않았다. 그들은 손을 잡지도 않았고, 둘 사이에 은밀한 파동 같은 것도 느껴지지 않았다.

그러나 나는 분노에 마비된 상태였다. 아무리 노력해도 억눌린 분노를 숨기기 힘들었다.

"도대체 왜 그래?"

마지막 수업이 끝난 후 헤니가 물었다.

"아무것도 아니야. 넘겨짚지 마."

"넘겨짚다니, 뭘?"

"순진한 척하지 마."

정말 식상한 말싸움이었지만 우리는 착실하게 뻔한 말싸움의 수순을 이어갔다. 헤니는 벽돌색으로 칠한 손톱을 한참 동안 내려다보았다.

"식당에서 있었던 일 때문이니?"

"무슨 소린지 모르겠는데."

"뭐 상관없지."

"뭐가 상관없어?"

"모두 다."

헤니가 한숨을 푹 쉬었다.

"다 상관없어. 도대체 왜 그렇게 예민한 거니?"

"아팠으니까."

헤니가 시계를 흘깃 쳐다보았다. 우리는 헤어져 각자의

길을 갔다.

그다음 주에는 엄마가 세미나 때문에 보덴제(독일, 스위스, 오스트리아에 걸쳐 있는 호수_역주)에 가게 됐다. 화요일에서 목요일까지 나 혼자 지내야 했다.

수요일에 나는 트리스트람 싱에게 우리 집에 와서 수학 공부를 도와달라고 부탁했다. 당시 트리스트람 싱은 영어뿐 아니라 수학수업에도 열심히 참여했는데, 우리 반 모두를 합친 것보다 더 수학적 감각이 있고 기본 지식이 탄탄했다. 나는 학교를 쉬는 동안 진도가 뒤처져 있었기 때문에 다른 이유를 댈 필요는 없었다. 엄마가 집에 안 계신다는 말은 나중에 그가 우리 집 소파에 앉은 뒤에나 할 생각이었다.

나는 엄마가 모아놓은 와인 중 한 병을 몰래 꺼내 왔고, 내게 있는지조차 몰랐던 연기력을 총동원해 세 시간 만에 그를 유혹하는 데 성공했다. 그전까지는 누구를 유혹해 본 적도 없었고, 성 경험도 그때가 처음이었다.

나중에 들었지만 그건 트리스트람 싱도 마찬가지였다. 그는 좌불안석이었다. 하지만 나는 인도인 청년이 밖에서 사랑을 나누고 술 냄새를 풍기며 집에 들어갈 순 없지 않느냐며 우리 집에서 자고 가라고 설득했다. 결국 그는 집에 전화를 걸어 어머니와 한참 동안 통화를 했다. 내가 알아듣지 못하는 언어였지만 거짓말을 하고 있다는 걸 알 수 있었다. 아마도 반 친구 남자애 집에 왔다가 버스가 끊겼다고 했으리라.

나는 그의 벗은 모습이 좋았다. 몸도 마음도 훌훌 벗어버린 상태의 그가 좋았다. 우리는 그날 밤 잠을 자지 못했다. 처음으로 서로를 만지는 사람들이 그렇듯 밤새 서로의 몸을 더듬었다. 다시는 만지지 못할 것을 안다는 듯이. 컵과 내용물이 하나가 된 듯, 말과 손이 생각과 입술과 성이 하나가 된 듯. 그런 우리 옆에서는 유리병에 꽂힌 초가 조용히 타고 있었다.

그로부터 일주일 후 나는 부드러운 구릿빛 피부 위에 그림자를 드리우며 일렁이는 촛불에 대한 작문을 썼다. 질베르만 부인은 옆 칸에 "조심해라."라고 썼다.

그 뒤로 트리스트람 싱은 다시 가족과 함께 델리로 돌아갈 때까지 손을 잡지 않았다. 내 손도, 헤니의 손도, 그 누구의 손도 잡지 않았다.

헤니와 나는 한동안 서로를 피하는 듯했지만 여름방학이 되자 함께 크레타 섬으로 여행을 갔다. 그리고 어느 날 저녁, 술집에서 레치나(송진 향이 가미된 그리스 와인_역주)와 치우로(그리스 산 독주_역주)를 주는 대로 받아 마시고 잔뜩 취해서 각자 그리스 청년을 한 명씩 낀 채 해변으로 가 별빛 아래서 사랑을 나누었다.

곱스하임

빌라 구아르다

아그네스 R. 앞

아그네스에게

네가 뉴욕에 다녀왔다니 정말 재미있다. 나도 뉴욕 정말 좋아하거든. 아이들 어릴 때 1년 동안 거기 살기도 했고. 다비드가 CBS(미국의 라디오, 텔레비전 방송사_역주), 레밍턴과 계약을 맺었었거든. 우리 집은 브루클린 하이츠에 있었어.

네 말대로 우리 빅애플에서 일주일 정도 지내는 것도 좋겠다. 아니면 다른 대도시도 괜찮고. 가을이나 겨울쯤엔 갈 수 있겠지? 어서 그날이 왔으면 좋겠다. 이미 모든 게 끝난 상태라면 얼마나 좋을까! 난 분명 잘 될 거라는 확신이 들어. 내가 장담하는데 우리도 곧 만나게 될 거야.

그리고 좋은 소식이 하나 있어. 아주 적당한 날짜를 찾아냈어. 최종 결정권은 너한테 있지만 난 2월 14일에서 16

일 중 주말을 추천하고 싶어. 그때 다비드가 암스테르담에서 열리는 국제 연극제작자 워크숍인가 뭔가 하는 데 참석하거든.

그 주말이 정말 딱 좋은 게 나도 그때 다른 도시에 있을 거야. 우리 붐스 사장님이 그동안 고생했다고 뮌헨 SBS연구소에서 열리는 세미나에 보내 주신대. 나도 다비드와 똑같이 금요일 오후에 떠났다가 일요일 늦게 도착하는 일정이야.

아그네스, 이보다 더 좋은 기회는 없을 거야. 암스테르담과 뮌헨은 적어도 500킬로미터는 떨어져 있으니 확실한 알리바이가 되지 않겠니? 그리고 다비드 몰래 숙소가 피가로 호텔이라는 것도 알아냈어. 프린젠그라흐트 근처니까 상당히 중심가에 있는 호텔이야. 워크숍 장소는 아직 몰라. 하지만 네가 내 제안대로 하겠다면 다른 정보도 자세히 알아볼게. 우리에게 쓸모 있을 만한 것들, 네가 일하는 데 도움이 될 만한 것들 모두.

그리고 봉투 속에 다비드 사진도 한 장 넣을게. 넌 본 지 오래됐잖아. 세월의 흔적 때문에 못 알아볼 수도 있으니까. 수염은 기를 때도 있고 깎을 때도 있어. 그건 아마도 영

원히 끝날 것 같지 않은 남성 갱년기 때문인 것 같은데, 어
떨 때는 중후한 중년신사처럼 보이고 싶어 하다가도 또 어
떨 때는 자기가 아직 스물다섯 살이라고 착각하는 것 같
아. 남자들은 원래 그렇잖아. 너도 처음 들어보는 얘기는
아니지?

그건 그렇고. 아그네스, 네가 2월 중순 암스테르담 이 일
정에 동의한다면 네 통장으로 다시 3만을 보낼게. 네가 좋
다면 나머지 5만은 일이 성사된 뒤에 줄게. 전문가들은 다
그렇게 하나 보더라. 텔레비전에서 보니 그렇더라고. 계약
할 때 절반, 일 끝난 후 절반. 어때, 나도 전문가 느낌 나지?

네가 추신에서 한 질문, 엄밀히 말하면 질문들이지. 그
건 내 생각에도 가능성이 있어. 여자 동료들은 아니어도
남자 동료 한두 명쯤은 다비드의 불륜에 대해 알고 있을지
도 몰라. 하지만 우리와 친하게 지내는 사람들 중에 그 사
실을 아는 사람은 없어. 그리고 내가 안다는 걸 아는 사람
도 없고. 이건 확실해. 다비드도 그 누구도 몰라. 남자들은
여자를 속이는 게 쉽다고 생각하는 경향이 있지. 우리 경
우엔 그 착각이 큰 도움이 되지만. 다비드는 날 전혀 의심
하지 않아. 넌 잠자는 곰을 쏘게 될 거야. 이런 경우에 쓰는

말이 맞는지 모르겠네.

그럼 아그네스, 답장 기다릴게. 내가 짠 계획이 네 마음에 드는지 말해 줘. 마음에 들지 않는다면 물론 다른 일정을 잡아야겠지. 너만 괜찮다고 하면 이제 한 달만 기다리면 되는 거야.

정말 기분 좋다, 진심이야. 난 진작부터 다비드가 죽었다고 생각하고 살았거든. 매일 아침 시체와 한 식탁에 앉아 대화를 나누는 게 얼마나 고역인지 넌 모를 거야.

그 밖엔 모두 별 탈 없이 잘 지내고 있어. 여기도 눈이 많이 왔단다.

1월 14일 그로텐부르크에서
안부를 전하며,
친구 헤니가 쓴다.

그로텐부르크
펠리칸 대로 24번지
헤니 델가도 앞

헤니에게

편지 잘 받았어.

암스테르담이라니! 하필 이 도시가 우리의 작은 드라마의
무대가 되다니! 우리 부활절 휴가 때 며칠 놀러간 적도 있었
잖아. 졸업 전해였던 것 같은데, 그때 클라우스 요제프와 안
스가르도 함께 갔었지. 기억나지? 페르디난드볼 가에 있는
유스호스텔이랑 잔드보르트 해변도 기억나니? 그때 우리가
어떤 남자한테 겨우 커피 주문했는데 클라우스 요제프가 엄
청 질투했던 거 생각난다. 그런 좋은 시절도 있었지, 헤니!

아닌가?

암스테르담에는 그 뒤로도 몇 번 간 적이 있어서 지리도
잘 알아. 2월 중순이면 날짜도 괜찮고. 학기 초니까 시간이
많이 걸리는 과제물 채점 같은 것도 없거든. 생각해 봤는

데 금요일에 차로 가는 게 좋겠어. 그래야 시간 여유가 있을 것 같아.

개들은 바르트 씨 가족이 돌봐 줄 거고. 주말에 여행 갈 이유도 만들어 놨어. 그리고 난 알리바이가 필요 없긴 하지만 네 남편이 묵고 있는 호텔에 묵는 건 좋지 않은 것 같아. 내 숙소는 근처에 있는 다른 호텔로 정할게. 프린젠그라흐트에는 널린 게 호텔이니까. 내가 가장 효과적이고 확실한 방법으로 처리해 줄 테니 걱정하지 마.

그런데 헤니, 이런 생각을 하면서 나 사실 약간 흥분돼. 너무 변태적이지? 어쨌든 이 일로 인해 내 삶에 활기가 생긴 건 사실이야.

그리고 혹시 몰라서 숲에 가서 권총을 시험해 봤어. 문제없이 아주 잘 작동돼. 문제의 소지가 있는 건 소리가 너무 크다는 건데…, 대도시에서 뻥 소리 한 번 나는 게 뭐 대수겠니? 타이어 터지는 소리라고 생각할 수도 있고. 어느 장소가 됐든 난 쏘고 바로 피할 거니까.

그러니까 헤니, 위험할 건 전혀 없어. 넌 네 남편의 상세한 여행 일정을 보내 주면 돼. 지금 내 책상 위에 있는 달력을 보니 앞으로 약 3주가 남았구나. 3주 후 내가 네 남편을 확실하게 저세상으로 보내 줄게.

그나저나 네 남편은 참 곱게 늙었구나. 사진 보니 바로 알아보겠어. 수염이 없어도 바로 알아볼 것 같아. 그래도 그렇지 스물다섯 살로 착각하고 산다니 그건 좀 심했다!

그리고 혹시 네 휴대전화 번호와 뮌헨에서 묵을 호텔 이름을 알려 줄 수 있겠니? 일이 끝난 다음 너한테 알려 주는 것도 나쁘지 않을 것 같은데 그치? 문자 메시지로 암호를 보내거나 하면 될 것 같아. 어쨌든 내 생각에 우리에겐 편지보다 빠른 소통 수단이 필요해. 너도 그렇게 생각하지 않니? 너와 나 정도 되는 여자들한테 그 정도 모의는 식은 죽 먹기지.

재정적인 부분도 네 말대로 하면 될 것 같아. 헤니, 넌 잘 모르겠지만 난 이 집을 지킬 수 있어서 얼마나 기쁜지 몰라. 그리고 언젠가 네가 우리 집에 놀러 왔으면 좋겠어. 물론 그 전에 가을여행도 함께 가고.

그리고 그 전에 2월 14일에서 16일까지 암스테르담!

1월 22일 곱스하임에서
널 사랑하는 '자매'
아그네스.

"함께하는 날이 있으면 헤어지는 날도 있다."

내가 빤히 쳐다보자 헤니도 커피 잔 너머로 나를 쳐다보며 장난기와 진지함이 섞인 미소를 지었다.

"우리 얘기야."

헤니가 덧붙였다.

김나지움 졸업시험 후, 그리고 모험으로 가득했던 크레타 여행 후에야 헤니와 나, 우리의 길은 갈라졌다. 헤니는 10월 1일자로 로만어문학부 이탈리아어과로 등록을 마쳤고, 나는 이미 국문학과에 다니고 있었다.

우리는 클로스터 가에서 우연히 만나 카페 '크라우스'에서 커피를 마셨다. 나는 운 좋게 가이거슈티그에 원룸을 구해 집에서 독립한 상태였다. 슈테판교회에서 엎어지면 코 닿을 거리다. 헤니는 첫 학기는 어머니와 동생이 사는 집에서 다닐 거라고 했다.

"세상 참 좁네."

내가 말했다.

"만나서 반가웠어."

헤니가 말했다.

"이제 그만 가봐야겠다."

전공 공부는 해도 해도 끝이 없었다.

안스가르, 클라우스 요제프와는 이미 헤어진 지 오래였다. 나는 '타파니'라는 이름의 핀란드 남학생과도 잠시 사귀었다. 그는 매우 매력적이었고 어느 모로 보나 탄탄한 남자였다. 하지만 술 두 잔 들어가고 나면 어김없이 시작되는 심각한 우울 성향 때문에 가까이하고 싶지 않았다.

헤니는 10월과 11월에 한 유부남과 연애를 했는데, 그가 유부남이라는 사실을 모르고 있다가 그의 부인에게 현장에서 들킨 후에야 알았다. 그 여자는 골프채를 들고 와 두 사람을 죽지 않을 만큼 두들겨 팼다. 그 사달이 난 후 헤니는 한동안 남자를 만나지 않았다. 왼쪽 귀 바로 뒤에 꽤 깊은 상처가 남았다. 그 흉터는 평생 사라지지 않을 것이다. 하지만 머리를 밀지 않는 한 겉으로 드러날 염려는 없었다.

"그때 내 수호천사가 지켜준 것 같아."

헤니가 말했다.

"행운아지, 행운아."

내가 대꾸했다.

"골프채가 나무로 된 것이었기에 망정이지 쇠로 된 것이었으면 난 이미 죽었어."

헤니가 말했다.

11월 초 나는 대학 내 극단 '탈리아 컴퍼니'에 들어갔다. 그리고 들어가자마자 체호프의 〈세 자매〉 공연에서 큰 역을 맡았다. 마샤 역으로 12월과 1월 사이 여덟 번이나 무대에 섰는데, 매번 큰 박수갈채가 쏟아졌다. 아마추어 극단이긴 하지만 《알게마이네》지와 《폴크스타게블라트》지에서 꽤 좋은 평을 써주었다. 두 신문 모두 내가 마샤 역을 거의 천재적으로 소화했다고 강조했다.

나는 국문학 공부를 계속하고 있었지만 마음속으로는 연기학과에 지원하고 싶다는 꿈을 키워가고 있었다. 그 생각을 하면 가슴이 벅찼다. 그건 나 스스로도 분명히 느낄 수 있었다. 나는 막이 걷히고 눈부신 조명이 쏟아지는 순간이 좋았다. 그리고 극장이라는 마법의 공간에서만 가능한 특별한 방식으로 사람들의 마음을 건드리는 게 좋았다.

1월 10일, 엄마는 상사인 치과의사 올덴부르크와 결혼했다. 볼마르 가의 집은 팔고 교외 그라펜스발트에 있는 그의 집으로 이사했다. 엄마가 이사하는 날 아빠한테서 전화가 왔다. 자신이 고환암에 걸렸다는 소식을 전했다.

"양쪽 다요?"

내가 물었다.

"그래, 빌어먹을. 양쪽 다!"

아버지가 말했다.

아버지는 무척 절망한 상태였고, 나는 그런 아빠한테 용기를 불어넣느라 꽤 애를 먹었다.

'탈리아 컴퍼니'는 18세기에 세워졌고, 1983년에 200주년을 맞았다. 초연 작품은 시몬 드 스탤스의 〈오페라〉였다. 학교 측에서는 〈세 자매〉의 성공을 보고 극단 창립 200주년을 예술적 차원에서 좀 더 완성도 있게 기념하기 위한 재정적 지원을 해주기로 했다. 극단에서는 200주년을 맞아 드 스탤스의 작품을 재공연해야 한다는 의견이 있었지만 여러 면에서 너무 오래된 작품이었다. 그래서 세

익스피어를 연출해 줄 전문 연극인을 초빙하는 것으로 결론이 났다.

2월 초, 극단 모임이 있었다. 철학과 강사이기도 한 지도교수 마르쿠스 로텐빌레는 뮌헨에서 활동 중인 다비드 고쉬만과 배우 로베르트 카우프너를 셰익스피어의 〈리어 왕〉 공연에 섭외하는 데 성공했다고 자랑스럽게 발표했다.

다비드 고쉬만은 아직 젊은 나이임에도 불구하고 뮌헨에서의 고전작품 연출로 명성을 떨친 카리스마 넘치는 연출가였다. 텔레비전에서도 새로운 작품 두 개를 연출한 상태였으니 로텐빌레로서는 그를 영입했다는 사실이 엄청난 사건이었다.

로베르트 카우프너로 말하자면 그야말로 말이 필요 없는 배우였다.

"리어 왕은 말이지."

로텐빌레가 은발과 흑발이 섞인 긴 수염을 만지작거리며 말했다.

"극본 중의 극본이야! 인물 열 명과 카우프너가 맡을 역할. 우리에게 딱 맞아."

"캐스팅은 어떻게 하나요?"

〈세 자매〉에서 뚜젠바흐 역할을 맡았던 에르빈 핑켈이 물었다.

"캐스팅은 고쉬만이 한다."

로텐빌레가 말했다.

"정통 오디션 방식으로 뽑을 거야. 물론 가장 비중 있는 역은 코딜리어야. 하지만 다른 역할도 다 중요해. 광대, 글로스터, 에드워드, 에드문트."

"고너릴과 리건도요."

내가 덧붙였다.

"물론 중요하지."

로텐빌레가 말했다.

"여자 역할 중엔 큰 역할이야. 인물 분석을 정교하게 해야 해."

하지만 내 결정은 이미 내려져 있었다. 난 코딜리어를 연기할 것이다. 그리고 그 어떤 것도 우연에 맡기지 않을 생각이었다.

곱스하임

빌라 구아르다

아그네스 R. 앞

아그네스에게

우리 이제 확실하게 결정한 거지? 솔직히 정말 흥분된다. 숨기기 힘들 정도야. 모든 게 계획대로 진행된다면 다비드는 2주 후에 저세상 사람이 돼.

시간상으로도 잘 맞아. 아이들 방학이 다음 주에 시작되거든. 내 말은 이 일 때문에 아이들의 학업에 지장이 없을 거라는 뜻이야.

오늘 아침을 먹는데 왠지 다비드가 뭘 알고 있다는 느낌이 들었어. 아니 놀라진 마, 아그네스. 내 말은 다비드가 우리 계획에 대해 알아냈다는 뜻이 아니야. 조금 다른 의미로 한 말이야. 내가 보기엔 다비드가 곧 다가올 죽음을 감지하는 것 같았어. 짐승들은 죽을 때가 되면 미리 안다고 하잖아. 아마 사람도 그러지 않을까? 최근 어느 잡지에서 그 현상에 대해 읽은 것 같기도 해.

우린 식탁에 앉아 커피를 마시고 있었는데, 다비드는 항상 하듯이 토스터에 신문을 기대 놓고 읽고 있었어. 그러다 갑자기 고개를 들고 나를 지긋이 쳐다보더라. 묘한 눈빛으로 말이야. 그러고는 웃으면서 "어찌 됐든 내가 당신 사랑하는 거 알지?" 하는 거야. 분명 "어찌 됐든"이라고 했어. 내가 '어찌 됐든'이라니 그게 무슨 뜻이냐고 했더니 그냥 담담하게 미소만 짓더라고. 그러다 레아가 주스를 엎질렀고 그렇게 넘어갔어.

그런데 그게 강한 인상으로 남아서 하루 종일 머릿속에서 떠나질 않는 거야. 아마 일이 이렇게 된 데 대한 슬픔 때문인 것 같아. 하지만 아그네스, 절대 내가 이 결정을 후회한다고 생각하진 마. 그건 정말 아니거든.

그래도 죽을 때까지 함께하려 했던 사람을 없애야 하는 이 상황이 기분 좋은 건 아니야. 어쨌든 일이 이렇게 됐으니까. 그러다가도 다비드가 한 짓을 생각하면 생각이 백팔십도 달라져. 그런 나쁜 놈은 죽어야 해, 그런 생각이 들면서 다시 흥분에 휩싸이는 거야.

2주야, 아그네스!

지금은 감상에 젖을 게 아니라 현실적인 문제에 집중해야 할 때야.

엊그제 든 생각인데, 다비드의 시체가 발견되면 경찰도 머리를 굴릴 거 아니니? 말하자면 배후가 뭔지 캐내려고 할 거잖아. 우리도 동기에 대해 생각을 좀 해 봐야 할 것 같아. 내 생각엔 전혀 다른 사건으로 보이게 만들어야 해. 물론 들키지 않겠지만 만약의 경우를 대비해서 말이야. 다른 말로 하면 우리가 경찰 손에 동기를 쥐어주자는 거지.

나한테 떠오른 아이디어는 단 하나야. 강도사건인 것처럼 보이게 만드는 거지. 네가 다비드를 쏜 다음 지갑과 롤렉스 시계만 챙기면 다 해결될 것 같아. 그럼 경찰은 돈을 노린 범행, 예를 들면 마약중독자의 짓이라고 생각하겠지. 다른 동기가 없는데 그렇게 생각하지 않을 이유가 없잖아?

네 생각은 어떠니, 아그네스? 내 생각엔 그게 최상이야. 네가 총을 쏘는 장소가 어디든, 골목이든 호텔방이든 총을 쏘는 데 몇 초, 재킷 안주머니에 손을 집어넣어서 지갑을 꺼내는 데 걸리는 시간 몇 초. 그리고 다비드의 손목시계, 그건 정말 눈에 띄는 물건이거든. 도둑이 그걸 안 가져간다면 이상할 거야. 시계는 풀기 쉬우니까 걱정하지 마. 아그네스, …그리고 만약 다비드가 침대에 누워 있는 상황이라면 손목시계와 지갑은 침대 옆에 놓여 있을 거야. 항상 그렇게 하거든.

한번 생각해 보고 네 의견을 말해 줘.

이제 좀 다른 얘기를 해 보자. 다비드의 암스테르담 일정에 관한 거야. 다비드의 이메일에 들어가 봤는데 워크숍 일정을 바로 찾을 수 있었어.

세미나는 모두 '닐스 프랑케 연구소' 혹은 '프랑케 연구소'라고 부르는 곳에서 열려. 폰델공원 주변이니까 중심가에서 멀지 않은 위치야. 워크숍은 저녁 6시에 환영회 형태로 시작돼. 14일 저녁 6시. 워크숍에 참가하는 인원은 총 82명이야. 그 환영회가 끝난 뒤 바로 연구소에서 식사를 하니까 다비드가 호텔(프린젠그라흐트 112번지 피가로 호텔)로 돌아가는 시간은 꽤 늦을 거야. 토요일에는 10시부터 6시까지 회의가 있고 그 뒤에 식사, 일요일에는 10시부터 3시까지 회의가 있어. 토요일과 일요일 저녁엔 아마 동료들과 바 같은 곳에 가서 한잔하겠지, …다른 약속이 없다면 말이야.

글쎄, 난 어디서부터 어떻게 일을 시작해야 할지 모르겠어. 아마 미행을 하거나 저녁에 연구소 앞에 자동차를 세워 놓고 기다리거나 해야겠지? 이 부분에서는 정말이지 내가 도울 수 있는 게 없다. 네가 적당한 계획과 방법을 찾아내기를 바랄 뿐이야.

그런데 호텔에 숨어서 기다리고 있다가 치는 게 가장 간단하지 않을까? 하지만 그게 쉬울지 어려울지…, 얼마나 위험할지 잘 상상이 안 돼. 피가로 호텔이 얼마나 큰지도 모르겠고. 호텔은 아마 크면 클수록 좋겠지? 모르겠다, 이건 정말 네가 알아서 해야 할 것 같아. 하지만 확실한 건 다비드가 금요일에 그 환영회에 가기 전에 먼저 호텔에 체크인을 할 거라는 거야. 다비드는 기차를 타고 가는데 오후 3시 15분에 암스테르담 중앙역에 도착해. 편지함에 여행사에서 보낸 확인 메일도 있었거든. 네가 미리 역에서 기다리다가 해치우는 건 어떨까?

아니다, 여기까지만 하자. 이미 말했듯이 난 간여하지는 않을 생각이야. 그건 네가 할 몫이니까, 아그네스. 어쨌든 난 네가 우리 둘 다 만족할 만한 성과를 내리라 믿어.

그리고 약속한 대로 네 통장에 3만을 더 보냈어. 그런데 가만히 생각해 보니 갑자기 통장에 돈이 들어온 걸 해명하는 것도 쉽지 않겠다는 생각이 들더라고. 물론 그런 상황이 오지는 않겠지. 너와 다비드 사이에는 그 어떤 연관도 없는 거잖아. 그걸 전제로 우리 계획이 세워진 거고.

생각해 보니 편지 쓸 날도 얼마 남지 않은 것 같아. 각자 한 통씩 쓰고 나면 그날이 오겠어.

아무튼 그날 빠른 연락 수단이 필요하다는 말도 맞는 말이야. 내가 예약한 숙소는 뮌헨 힐데가르트 가에 있는 레기나 호텔이야. 마리엔 광장에서 멀지 않아. 그리고 내 휴대전화 번호는 0691451452야.

참, 아이디어가 하나 떠올랐어, 아그네스. 일이 잘 끝나면 네가 내게 전화를 걸어서 가짜 내용으로 음성메시지를 남기는 거야. 암호 내용은 네가 정해. 다음 편지에서 나한테 정확한 암호를 알려 주는 것만 잊지 마.

만약 무슨 문제가 생기면 다른 암호로 메시지를 남겨. 그리고 내가 너에게 전화를 해야 할 상황이면 또 다른 암호를 남기는 거지.

아그네스, 우리가 이렇게 편지를 주고받고 계획을 세우면서도 목소리를 듣지 못한다는 게 갑자기 이상하게 느껴진다. 아그네스, 어서 빨리 네 목소리를 듣고 싶어.

어때, 내 아이디어가? 정말 단순 명쾌하지? 다음 편지에 꼭 암호 세 개 만들어서 알려 줘. 하나는 'OK 잘 성사됐음', 다른 하나는 '문제 있음', 나머지 하나는 '전화 요망'. 어쩌면 이게 거사일 전 마지막(혹은 마지막 전) 편지가 될 수도 있을 것 같다.

그 밖에는 그냥 일상의 반복이야. 아이들이 살짝 독감을 앓았는데, 다비드와 난 다행히 비껴갔어. 밖에는 아직도 눈이 두텁게 쌓여 있단다.

그럼 빠른 답장 기다릴게.

1월 30일 그로텐부르크에서
감사와 사랑을 전하며,
네 친구 헤니.

PS. 그런데 아그네스, 이 편지들은 어떡하지? 이걸 다 태워 버려야 하나? 그러긴 싫은데. 그래도 태우는 게 낫겠지?

그로텐부르크

펠리칸 대로 24번지

헤니 델가도 앞

헤니에게

긴 편지 잘 받았다. 거사의 날(밤? 아침?)이 한 발짝 한 발짝 다가오고 있구나.

나도 너처럼 일종의 흥분을 느껴. 하지만 마음속 깊은 곳은 담담하단다. 그건 아마 내가 헤니 너처럼 감정적으로 엮이지 않아서일 거야. 난 맡은 바 일을 하는 거고 친구의 부탁을 들어주는 거고. 그 대가로 보수를 받잖아. 알고 보면 그렇게 간단한 거야.

유럽에서 매일같이 살해되는 사람이 수천 명에 이른다는 사실을 잊지 마. 다비드는 그 거대한 통계에 극히 작은 수치를 더하는 것일 뿐이야. 하지만 정작 일을 실행함에 있어서는 각별히 조심해야겠지. 그런 의미에서 네 제안들, 무척 소중하다.

내 생각에도 여러 가지 대안이 있을 것 같아. 그래서 목요일 오후에 암스테르담으로 출발할 생각이야. 다행히 금요일에 강의가 없어. 걔들은 바르트 씨 집에서 언제나 환영이니까 괜찮고. 특히 그 집에 열 살짜리, 열두 살짜리 딸들이 있는데 바그너와 바르토크를 무척 좋아해. 덕분에 목요일에 미리 가서 위치도 살펴보고 중앙역에서 다비드를 기다릴 수 있을 것 같아.

내가 묵을 숙소는 레이체 광장 근처에 있는 호텔로 잡았어. 전에 한번 가 본 적이 있거든. 지도에 보니 피가로 호텔에서 200미터밖에 안 떨어져 있더라고.

그리고 프랑케 연구소도 내가 아는 곳이야. 10년인가 12년 전에 수업 들으러 간 적이 있었어. 아마 대학 관련된 거였을 거야.

강도사건으로 보이게 하자는 데는 전적으로 찬성이야. 물론 경찰이 감쪽같이 속을 수 있게 해야겠지. 지갑과 롤렉스 시계는 어떻게 할까? 너에게 돌려줄까, 아니면 내가 알아서 없앨까? 재미있는 게 내 남편도 롤렉스 시계를 가지고 있었거든. (그 욕심쟁이 아들이 왜 그걸 달라고 안 하는지 모르겠단 말이지.) 두 개 모두 내겐 무용지물이야.

그런데 정말 재미있는 건 암호를 생각해 내는 과정이었어. 나도 너처럼 암호가 세 개 정도는 필요하다고 생각해. 내가 만든 거 한번 읽어 봐.

1) 다비드가 죽고 일이 잘 성사된 경우 : 게오르크, 잘 지냈니? 베아트리체 고모야. 자색 접시꽃 주문했고 화요일에 배달된단다. 따로 전화는 안 해도 돼. 괜히 전화요금 많이 나온다.(물론 이건 전화를 잘못 걸었다고 상정한 거야. 나머지도 마찬가지고.)

2) 일이 약간 틀어졌지만 전화를 할 필요는 없을 때 : 자기야. 나 모드인데 좀 늦을 것 같아. 그래도 이따가 밥 먹으러 가자. 뽀뽀.

3) 네가 전화를 해야 할 때 : 안녕하십니까? 세무서입니다. 담당공무원 힐메르 씨에게 바로 전화 부탁드립니다. 번호는 1316646960입니다.

재미있지 않니? 그리고 내 전화번호도 알려 줄게. 0696466131. 힐메르 씨의 번호를 거꾸로 하면 돼.
자, 이 정도면 된 것 같다 친구야.

11일 후 난 내 차를 타고 암스테르담으로 갈 거야. 그 전에 편지로 몇 마디 더 나눌 수 있다면 좋겠지만, 내 생각에 더 의논해야 할 사항은 없는 것 같아. 계획은 차질 없이 진행될 거고, 언젠가 네가 편지에 썼던 바람대로 부활절에 네 남편은 이 세상 사람이 아닐 거야.

그리고 돈 고마워. 이 말 하는 거 잊을 뻔했다. 집 문제 해결하는 데는 8만이면 되지만 가을에 우리 여행 갈 때 나머지 돈이 긴요하게 쓰이겠지? 내가 얼마나 그날을 기다리고 있는지 넌 모를 거야, 헤니.

그럼 독감 조심하고 잘 지내렴. 곱스하임에는 아직 독감이 퍼지지 않았지만 방심은 금물.

2월 2일 곱스하임에서,

네 친구 아그네스.

PS. 참, 편지!

안타깝지만 내 생각에도 편지는 태우는 게 맞는 것 같아. 하지만 마지막 순간까지 기다릴 수는 있겠지. 난 가끔 꺼내 읽거든.

극심한 두려움.

나는 오늘 H-베르크에서 돌아오는 길에 극심한 두려움을 경험했다. 그 경험은 전적으로 육체적인 것이었고, 피할 수 없는 거대한 무엇이 엄습하는 것처럼 느껴졌다. 나는 숨을 쉴 수조차 없어 차를 세우고 내려야 했다. 그리고 추적추적 내리는 가랑비 속에서 담배를 피우며 마음을 진정시키려 노력했다.

내가 멈춘 곳은 부름스 시의 변두리였다. 발밑으로는 로이벨스탈이 내려다보였고, 뒤로는 오래된 슈타인 교회가 우뚝 서 있었다. 안개 낀 풍경 위로 서서히 어둠이 내리고 있었다. 산비탈에서 누군가 전기톱으로 일을 하고 있었고, 묘지에는 어깨에 삽을 멘 남자가 걸어가고 있었다.

나는 차에 기대서서 나를 엄습한 것의 정체가 무엇인지

생각해 보았다. 마치 의미를 알 수 없는 기호들이 나를 둘러싸고 있는 것 같았다. 교회, 자동차, 사람, 삽, 안개, 어스름, 소음, 추위. 어쩌면 이 모든 게 외로움 때문인지도 모른다. 이 프로젝트에서 나는 혼자 모든 걸 감당해야 하고, 거기서 오는 외로움은 작지 않다.

내가 올바른 판단을 내린 걸까? 그걸 어떻게 확인할 수 있지? 세월이 지난 후에도 이 문제에 대해 대답해 줄 사람은 없을 것이다. 내가 잘한 건지 확인할 길이 전혀 없다. 그리고 과연 내가 이걸 껴안고 계속 살아갈 수 있을지 확신도 서지 않는다. 내가 만약 무너져 버린다면 이 모든 노력은 헛수고가 될 것이다. 그러지 말란 법도 없지 않은가.

그리고 이 갑작스러운 두려움을, 나의 이 나약함을 어떻게 받아들여야 할지 모르겠다. 만일 순간적으로 지나가는 현상이라면 꾹 참고 이겨 내면 될 것이다. 하지만 근본적으로 뭔가 잘못된 거라면 이제 앞으로 어떻게 해야 하는 걸까?

아직 늦지 않았다. 되돌릴 수 있다. 머릿속에서는 그렇게 외치지만 솔직히 내 마음은 그만둘 경우를 상상하고 싶지도 않다. 나는 오랫동안 이 일에 공을 들였다. 수주, 수개월이 걸렸다.

그리고 그 수많은 밤들.

나는 담배를 비벼 껐다. 몸은 여전히 떨렸다. 발작적으로 구역질이 치밀거나 열이 오르기 시작할 때처럼 덜덜 떨렸다.

동네 선술집에 불이 켜져 있는 것이 보였다. 나는 술집으로 들어가 주인에게 와인 한 잔을 주문했다. 그리고 신문을 들고 구석 자리에 가 앉았다.

어쩌면 편지 때문일지도 모른다. 마지막 편지가 내겐 너무 힘들었다. 읽는 게 아니라 쓰는 게 힘들었다. 마지막 편지를 쓸 때 나는 술에 취한 상태였다. 그렇지 않았다면 치밀어 오르는 구토를 참지 못했을 것이다. 다시 편지를 쓰게 돼도 아마 그 방법을 사용해야 할 것이다. 하지만 그게 마지막일 것이다. 편지를 더 주고받을 시간은 없으니까.

나는 잔을 비우고 담배를 한 대 피웠다. 술집 주인이 내 잔을 채워 주려 했지만 나는 정중히 거절했다. 핏속에 약간의 알코올이 필요했을 뿐이다.

나는 다시 괜찮아졌다. 그래, 그렇게 심각한 건 아니었던 거다. 나는 술값을 내고 고맙다고 말한 다음 밖으로 나갔다. 이제 빗줄기는 거세어져 있었다. 차 있는 곳까지 100

미터를 걸어가는 동안 옷이 몽땅 젖어버렸다.

집에 돌아온 뒤에는 내일 있을 브론테 자매 세미나를 준비했다. 〈폭풍의 언덕〉을 몇 장 읽다 보니 사랑과 도덕의 모순에 대해 생각하게 됐다.

사실 사랑과 도덕은 완전히 다른 범주에 속하기 때문에 서로 연결 짓는 것 자체가 말이 안 된다. 그러나 사람들은 끊임없이 이 둘을 연결시키려 한다. 과연 체스 경기자와 스모 선수가 겨룰 수 있는 무대가 존재하기나 할까? 얼마나 우스운 그림인가! 그걸 생각하니 웃지 않을 수 없었다. 오리를 물고기와 교배시킬 순 없는 거다.

당시 우리 둘 중 잘한 사람은 없었다. 하지만 잘못한 사람도 없었다. 어쩌면 지금도 그런 상황인지 모른다. 우리는 그저 게임판 위의 말이고 바둑알일 뿐이며, 각자 당연한 길을 가고 있는 것뿐인지도 모른다. 우리가 이 게임을 끝까지 하려고 한다면. 그리고 내 생각에는 당연히 그래야 한다. 다른 선택의 여지가 없다. 하느냐 마느냐.

그날 개들의 저녁 산책은 비 때문에 짧게 끝났다. 나는 와인 두 잔을 마시고 11시에 일찌감치 잠자리에 들었다. 그리고 꿈이 없는 편안한 잠을 바라며 잠이 들었다.

"리어 왕이 뭐가 그렇게 특별한데?"

우리는 수영을 한 후 사우나에 앉아 있었다. 헤니는 손으로 자기 젖가슴을 쥐고 들여다보더니 손으로 무게 재는 시늉을 했다.

"왼쪽이 오른쪽보다 크지 않니?"

"가슴, 아니면 리어 왕? 뭐 먼저 대답해 줄까?"

헤니는 생각하는 표정을 짓더니 손에서 가슴을 내려놓았다.

"미안. 그래서 리어 왕이 특별한 이유가 뭔데? 나 아직 한 번도 못 봤거든."

"꼭 볼 필요는 없어."

내가 말했다.

"읽는 것만으로도 충분해."

"읽지도 않았는데…, 너 내가 그 방면에서 너무 무식하다고 생각하는 거니?"

"평소보다 더도 덜도 아니야."

내가 다정하게 대꾸했다.

"물 좀 더 끼얹어, 얼어 죽겠다. 한 노인과 노인의 세 딸에 관한 이야기야."

"그 정도는 나도 알거든."

"두 언니는 권력만 가지려 하고 이기적인데, 막내는 착해."

"코딜리어?"

"응, 늙은 리어 왕은 딸들에게 나라를 나눠 주려고 해. 그런데 자기를 가장 깊이 사랑하는 딸에게 가장 많은 땅을 주겠다고 하는 거야. 코딜리어는 아버지를 사랑하지만 겸손하게 말했기 때문에 아무것도 받지 못해. 불쌍한 리어 왕은 자신의 운명을 두 딸의 손에 맡기고 착한 딸은 내치지. 그렇게 해서 파멸의 길을 걷기 시작하는 거야. 미쳐 버린 리어와 죽은 코딜리어가 나오는 마지막 장면은 무대에서 볼 수 있는 가장 강력한 장면이라고 할 수 있지."

"죽는다고?"

"응."

"왜 그런 역할을 하려는 거야? 착한데 죽는 딸이라고?"

나는 고개를 끄덕이고 나서 코딜리어가 마지막에 가서야 죽는다고 일러주었다.

"이거 너한테 엄청나게 중요한가 보네?"

나는 헤니의 말투가 약간 신경에 거슬렸다. 헤니는 다시 자기 가슴을 만지작거리고 있었다.

"당연히 중요하지!"

내가 말했다.

"그럼 내가 중요하지도 않은 일에 이렇게 집중하겠니? 내가 코딜리어 역을 맡고 카우프너와 한 무대에 설 수 있다면, 그리고 공연이 잘 된다면 이걸 계속하지 않을 이유가 없거든. 진짜 괜찮은 기회가 될 수도 있어."

"배우가 될 기회?"

"아니 배관공."

"하지만 그 역을 욕심내는 사람이 너 하나뿐은 아닐 거 아냐?"

나는 한숨을 쉬며 가만히 생각해 보았다. 물론 아니다. 재미있게도 우리는 다시 〈세 자매〉를 연기하게 됐다. 처음엔 체호프, 이번엔 셰익스피어. 지난번에 올가와 이리나 역할을 했던 레나테와 우르슐라도 당연히 코딜리어 역을 맡고 싶을 것이다. 아니라면 미친 거지. 게다가 지원자가 두 명 더 늘어날지도 모른다. 탈리아 컴퍼니는 무슨 이유에선지 또 신입단원을 뽑았다.

"이제 알겠다."

잠시 말이 없던 헤니가 입을 열었다.

"고쉬만과 카우프너는 그냥 평범한 배우와 연출가가 아닌 거지?"

"보통은 넘지."

내가 말했다.

"그걸 뭐라고 하지? 그… 배우 뽑는 거?"

"오디션."

내가 대답했다.

"발단과 결말 중에서 장면 두 개를 준비해 가면 돼. 고쉬만이 2주 후에 여기 와서 하루 종일 오디션을 볼 거래."

우리는 사우나를 마치고 샤워실로 갔다. 헤니는 내내 생각에 잠긴 표정이었다. 눈을 가늘게 뜨고 머리카락 몇 가닥을 잘근잘근 씹는 걸 보니 이제야 감이 오는 듯했다. 열한 살, 열두 살 때부터 하던 버릇이다. 나는 어쩌면 내가 헤니 자신보다 헤니에 대해 더 많이 알지도 모른다는 생각이 들었다.

"내가 도와줄까?"

헤니가 탈의실에서 물었다.

"응, 도와줘."

내가 대답했다.

"함께 연습해 줄 상대가 필요해."

"내가 연습 상대를?"

헤니가 갑자기 아이처럼 웃었다.

"응, 너."

내가 말했다.

"오늘 저녁부터 시작하자. 주어진 시간은 2주뿐이야."

"자, 이번에는 내 사랑하는 코딜리어, 큰딸과 다름없이 사랑스러운 막내딸이 말해 보거라. 프랑스의 포도와 버건디의 우유가 젊은 네 사랑을 얻으려고 경쟁하고 있다. 언니들보다 더 좋은 3분의 1의 땅을 차지하고 싶지 않느냐? 자, 네 행운을 맞혀 보거라. 뭐라고 말하겠느냐?"

"아무것도 없습니다, 아버님."

내가 말했다.

"잘하는데?"

헤니가 불쑥 말했다.

"내 대사에 토 달 필요 없어."

내가 말했다.

"그냥 상대역 대사만 읽어."

"알았어."

헤니가 말했다.

"자, 다시. 자, 말해 봐라."

"아무것도 없습니다, 아버님."

내가 다시 말했다.

"아무것도 없다고?"

"아무것도 없습니다."

헤니는 콧김을 내뿜었다.

"무에서 생기는 건 무뿐이니 다시 한 번 말해 봐라."

"슬프게도 저는……."

나는 그렇게 말하며 눈을 내리깔았다.

"저의 마음을 입에 올려 말할 줄 모릅니다. 저는 아버님을 자식 된 도리에 의해서 사랑하올 뿐이지 그 이상도, 그 이하도 아니옵니다."

"멋진데!"

헤니가 말했다.

"마음을 입에 올려 말할 줄 모른다니, 정말 멋져!"

"멋진 게 당연하지."

내가 짜증 섞어 말했다.

"이건 리어 왕이라고 셰익스피어의 리어 왕."

"그래, 알았어."

헤니가 말했다.

"미안, 처음부터 다시 하자. 이번엔 절대 끊지 않을게."

"처음부터 다시."

내가 말했다.

우리는 일주일에 세 번 수영장에 갔고 수영이 끝나면
함께 오디션 연습을 했다. 2주 동안 총 여섯 번이었다. 1막
2장과 4막 7장. 4막에서는 헤니가 켄트, 의사, 리어의 역할
을 다 했다. 두세 번 하고 나니 둘 다 대사를 다 외울 수 있
었다. 보아하니 헤니는 집에서도 연습을 하는 것 같았다.

헤니는 내게 쓸 만한 조언을 해주기에 이르렀다.

"더 부드럽게."

헤니가 말했다.

"내 생각엔 거의 소리가 나지 않게 말을 해야 할 것 같
아."

"소리가 나지 않게?"

"그래, 이렇게."

헤니가 말했다.

"아, 자비로운 신들이여! 이 피폐한 마음을 살피소서. 자식으로 인해 변해버린 아버님의 마음을, 고장 난 악기처럼 흐트러져 버린 마음의 줄을 다시 감아주소서!"

헤니는 심지어 그 긴 대사를 외웠다.

"코딜리어는 희망이 없다는 걸 알면서도 그 기도를 하는 거야."

헤니가 설명했다.

"내 생각엔 그 느낌이야. 그러니까 최대한 낮게 속삭여야 해. 하지만 소리가 들리긴 해야겠지."

나는 잠시 생각한 후 헤니의 말대로 해 보았다.

"그래."

헤니가 말했다.

"훨씬 낫다. 연극이 이렇게 재미있는 건지 예전엔 미처 몰랐어."

우리는 끊임없이 연습을 했다. 제대로 된 톤과 억양을 찾았다 싶으면 얼굴 표정, 제스처와 함께 반복해서 연습했다. 헤니는 무척 열심이었고 계속해서 새로운 아이디어를 냈다.

오디션 전날은 자정에야 연습이 끝났다. 나는 오디션에 입고 갈 의상도 입어 보았다. 단순한 디자인에 면으로 된 흰색 원피스인데, 길이가 길어서 맨발로 있어도 겉으로 드러나지 않았다. 고쉬만이 맨발을 어떻게 생각할지 몰라 망설여졌지만 나는 맨발로 무대 바닥을 느끼고 싶었다. 그러면 성대까지 힘이 솟구치는 듯한 느낌이 들었다.

"이제 그만하자."

이윽고 내가 말했다.

"내일 내가 첫 번째거든. 정각 11시가 오디션인데 아침에 일어나서 머리도 감아야 해."

"머리 푸는 거 잊지 마."

헤니가 말했다.

"정말 그게 나아?"

"그럼. 넌 머리 풀었을 때가 가장 예뻐."

헤니가 말했다.

"가능하다면 선과 미는 함께 가는 게 좋지."

우리가 질베르슈타인 부인에게 낸 작문 숙제를 떠올리

게 하는 표현이었다.

"잘 해."

헤니가 말했다.

"최선을 다하고 겸허한 마음을 가져. 내가 행운을 빌어
줄게."

"그래."

내가 말했다.

"도와줘서 정말 고마워, 헤니."

곱스하임

빌라 구아르다

아그네스 R. 앞

아그네스에게

편지 잘 받았고 정말 재미있게 읽었어. 이제 이렇게 편지를 주고받을 일도 없겠구나.

이 편지들을 모두 불태워야 한다고 생각하니 너무 슬프다. 오늘 저녁엔 그동안 모인 편지를 다시 한 번 읽어 봤어. 어느새 아홉 통이나 쌓였더라고.

다비드는 무슨 회의 때문에 늦는다고 하고, 아이들은 잠들었어. 편지 태우기 전에 한 통 더 기다려도 되겠니? 암스테르담으로 출발하기 전에, 그러니까 늦어도 목요일에는 짧게 몇 자 적어서 보내 줘. 그럼 뮌헨에 가기 전에 받아볼 수 있을 거야. 금요일 오후 3시 출발이거든.

내 번역학회 일정도 나왔어. (그런 이름으로 부르더라고.) 시간이 좀 늦긴 하겠지만 크게 문제 되진 않을 것 같아. 토요일과 일요일엔 하루 종일 바쁘지만 금요일에는 아무 일 정도 없거든. (이미 눈치챘겠지만 난 지금 내 알리바이를 생각하는 거야.) 최소 두 번 정도는 호텔 데스크 직원의 눈에 띄어야 해. 만약 레스토랑이 있다면 거기 몇 시간 죽치고 앉아 있어도 되겠지. 이건 모두 네가 첫째 날 일을 감행할 경우에 대비한 거야. 그러니 아그네스, 꼭 답장 보내 줘.

사실 난 지금 머릿속이 멍해.

오늘은 월요일이야. 다음 주 이 시간쯤이면 모든 일이 끝나 있겠지. 뭔가 후련하면서도 기분이 묘하네.

오늘 켐펄링 씨 가게를 지나다가 쇼윈도에 검정색 원피스가 걸려 있는 걸 봤어. 다음 주에도 그대로 있으면 내가 사려고. 오늘 하마터면 사러 들어갈 뻔했지 뭐니? 남편이 아직 살아 있는 여자가 상복을 사는 건 너무 이상하잖아, 그치?

신의 가호가 있길 바라야지. 넌 차분하니까 믿어 의심치 않는다. 네가 보내 준 기발한 암호는 머릿속에 잘 기억해 뒀어. 목요일이나 금요일에 답장 보내 주고 주말에 전화 한 통 줘.

그 밖엔, 그냥 비 오고 안개 낀 날씨의 연속이야. 독감도 이제 물러나는 것 같고.

다비드가 계단 올라오는 소리가 들린다. 그만 쓸게.

2월 10일 그로텐부르크에서,

너의 헤니로부터.

PS. (화요일 아침) 아그네스, 한밤중이어도 괜찮으니까 전화 꼭 해. 어떻게 됐는지 궁금하니까.

PPS. 그리고 너도 편지 꼭 태워! 만약 다른 사람의 손에 넘어가는 날엔 큰일이야!

그로텐부르크
펠리칸 대로 24번지
헤니 델가도 앞

헤니에게

지금은 수요일 저녁이야. 내일 강의 두 개 끝난 다음 암스테르담으로 출발할 거야. 길이 막히지 않는다면 아마 저녁 9시쯤 도착할 거야. 그럼 내일 호텔에서 푹 자고 모레 오후 3시 15분에 중앙역에서 네 남편을 기다릴 수 있어. 그 다음이 어떻게 되는지는 닥쳐 봐야 알겠지.

총과 총알을 가방에 넣다가 한참 동안 권총을 손에 들고 있어 봤어. 이 작은 쇳덩이가, 내 검지가 가하는 작은 압력이 한 사람의 삶에 마침표를 찍는구나 생각하니 이상한 기분이 들더라. 우리의 계획과 그 모든 노력이 결국 손가락의 단순한 움직임으로 귀결되는 거지.

인생에 있어서 그게 뜻하는 것이 뭔지 생각하지 않을 수 없었어. 내 말은 인간의 삶 자체, 그 나약함을 뜻하는 거야.

인간의 삶이라는 게 어느 순간부터는 넓어지는 게 아니라 점점 좁아진다는 생각 안 드니? 인생 말이야, 헤니. 그런데 도대체 어느 순간부터 그렇게 바뀌는 거지? 어느 순간부터 우리 인생이 넓어지지 않고 좁아지기 시작하는 걸까? 의식적이든 무의식적이든, 아니면 둘 다든 언제부터 그렇게 되느냐 이거야. 왜냐면 헤니, 이건 확실한데, 이 일을 끝내고 나면 우리에게 새로운 가능성이 펼쳐지겠지만(만나고 얘기하고 여행가고), 내겐 동시에 모든 게 점점 더 좁아지는 느낌이거든.

어쩌면 내 착각인지도 모르겠다. 또 와인을 마셨거든. 끊임없이 유리창을 두드려 대는 빗소리가 순간의 취기에 섞여 내 생각 속에서 표현된 것인지도 모르지. 어쨌든 A에 가면 와인과 독주는 최대한 멀리할게. 약속해. 적어도 내 임무가 끝나기 전까지는 말이야.

아무튼 나, 불안한 건 정말 아니야. 오히려 드디어 그날이 가까워지고 있다는 사실이 기뻐. 난 딱히 기다리는 일에 적합한 사람은 아닌 것 같아. 네가 기억하는 예전의 나는 어떤 사람이니?

그 밖엔 나도 별 생각 없어. 그저 네가 몇 자 적어 보내

달라고 했으니까 쓰고 있는 거야.

오늘 저녁에 나도 네 편지 다시 한 번 다 읽어 봤어. 그리고 10분 전에 벽난로 속에서 그을음과 함께 재로 변하는 모습을 지켜봤어.

자, 이제 난 자러 간다. 그리고 이미 말했듯이 A에 가서 전화할게. 어쩌면 다비드의 장례식장에서 보게 될지도 모르겠구나. 혹시 내가 장례식에 가는 건 너무 위험할까? 그런데 넌 에리히의 장례식에 왔었잖아.

어쨌든 뮌헨에서 편히 지내고 많이 배우고 오렴. 제발 뮌헨과 암스테르담의 날씨가 여기보다는 나았으면 좋겠다. 이제는 눈곱만큼이라도 좋으니 봄기운을 느끼고 싶어.

···라고 생각하는 아그네스가
2월 12일 곱스하임에서.

다비드 고쉬만은 피부가 검은 편이었지만 눈이 워낙 푸른색이라 온 얼굴에 빛이 나는 듯했다.

"여자 역할은 코딜리어만 오디션을 볼 거야."

그가 말했다.

"뽑힌 사람한테는 내가 내일 오전에 전화를 걸 거고. 늦어도 12시에는 알게 될 거야."

나는 고개를 끄덕였다.

"다른 지원자들도 마찬가지지만 평가는 후하게 할 거야."

"지원자가 몇 명 더 있는데요?"

"네 명. 고너릴과 리건 역에 관심 있으면 내일 여기로 오면 돼."

"네, 알겠어요."

"광대는 경우에 따라 여자배우가 맡을 수도 있어. 코딜리어가 중간에 한참 동안 안 나오는 건 알지?"

"그럼요."

"듣자 하니 네가 〈세 자매〉의 마샤 역을 했다고?"

나는 내가 마샤를 창조한 장본인임을 인정했다.

"그 인물이 마음에 들었니?"

나는 마음에 들었다고 대답했다. 내가 창조한 마샤도, 작품 속의 마샤도.

"나도 체호프 작품을 꽤 많이 했거든."

다비드 고쉬만이 말했다.

"앞으로도 더 하고 싶어. 하지만 작품이 그렇게 많진 않으니까. 그리고 몇 개는 노후를 위해 남겨 놔야지."

그가 웃자 푸른 눈이 더욱 빛났다. 그는 스물여덟이나 서른 살 정도로 보였다.

"그런데 상대역은 누가 하죠?"

내가 주위를 둘러보며 물었다. 극장에는 고쉬만과 나뿐이었다.

"로텐… 그 사람 이름이 뭐더라?"

"로텐빌레요?"

"그래, 로텐뷜레. 아니면 다른 사람이랑 하고 싶니?"

"아니요. 만약의 경우 실제 무대에 함께 오르지만 않는다면 괜찮아요."

그는 껄껄 웃으며 곧 다른 배우들도 합류할 거라고 했다.

"로텐뷜레 씨가 늦는 것 같은데 잠시 좀 쉬면서 집중 좀 할래?"

"네."

"예쁘게 생겼구나."

"고맙습니다."

"나중에도 계속하고 싶니?"

"연극이요?"

"응, 연극."

나는 나도 모르게 어깨를 으쓱했다. 바로 후회했지만 이미 일어난 일을 없던 일로 할 수는 없었다.

"그럴걸요."

내가 대답했다.

"못 할 것도 없죠, 뭐."

"관심 있으면 연기학교 정보 알아봐 줄게."

"고맙습니다."

내가 말했다.

"정말 생각 있어요."

그때 문이 열리고 로텐빌레가 들어왔다. 그는 감기에 걸린 듯 들어오자마자 재채기를 연달아 세 번 했다.

"미안합니다. 좀 늦었네요."

"아니에요, 괜찮습니다."

고쉬만이 웃으며 대꾸했다.

"그런데 코딜리어가 집중한 다음에 할 건지 바로 시작할 건지 모르겠네요."

"전 상관없어요."

내가 말했다.

"바로 시작해요."

다비드 고쉬만을 왜 특별하다고 하는지 나는 그 이유를 알 것 같았다. 그냥 문을 열고 들어오기만 해도 그의 주변에는 에너지가 가득 찼다. 그리고 그 에너지는 눈에 띄게 불어났다. 그와 함께 있으면 존중받는 느낌이 들었고, 갑자기 내가 똑똑해진 것 같았다. 그리고 왠지 중요한 사람이 된 듯했다. 그런 느낌을 준 사람은 그가 처음이었다. 난 그것의 정체가 뭔지 바로 알 수 있었다.

그는 한참 뒤로 가서 일곱 번째인가 여덟 번째 줄에 앉았고, 나는 감기 걸린 로텐빌레와 연기를 했다. 하지만 내 연기는 동시에 고쉬만을 향하고 있었다. 여러 번 연습한 대사였지만 새롭고 처음 해 보는 것처럼 느껴졌다. 기분이 묘했다. 잘하고 있는지 어떤지, 내가 강한 인상을 남기고 있는지 어떤지 갈피를 잡을 수 없었다.

우리는 약 30분에 걸쳐 두 장면을 두 번 시연했다. 고쉬만은 내내 아무 말이 없었지만 내 움직임과 호흡 하나하나에 집중하고 있는 것을 느낄 수 있었다.

그 지하극장, 우리가 늘 만나 연습하던 극장에서 나왔을 때 나는 완전히 지쳐서 현기증이 날 정도였다. 마치 두 시간 동안 섹스를 한 것 같았다. 물론 당시 스물한 살이었던 내게 그런 경험은 없었지만.

나는 카페 '아들러' 구석에 자리를 잡고 앉아 스테이크와 맥주를 시켰다. 그리고 난생 처음 남자에게 끌린다고 느꼈다. 그는 진정 내게 잘 어울리는 상대였다.

같은 날, 2월인데도 바람이 몹시 불고 봄기운이라고는

찾아볼 수 없는 우중충한 날씨였다. 그날 저녁, 사건 하나가 일어났다. 나는 그것을 좋은 징조로 받아들였다.

당시 내가 1년 반째 살고 있던 집은 가이거 가에 있는 오래된 건물 꼭대기에 있었다. 엘리베이터가 없어서 6층까지 걸어 올라가야 했고, 코딱지만 한 집이었지만 비스듬한 지붕과 경사진 벽이 나름 멋있었다. 그리고 그때의 내게는 그보다 넓은 공간이 필요하지도 않았다.

같은 층에 '린코바이스'란 이름의 노부부가 살았다. 둘 다 70대 중반이었고 내외가 모두 노쇠했다. 둘 중 더 몸이 불편한 쪽은 린코바이스 씨였다. 부인은 시장에 가서 필요한 물건을 고르고 집으로 배달시키기 위해 하루에 한 번은 꼭 계단을 오르내렸다. 가끔은 내가 장을 봐다 주기도 했지만 그건 정말 가끔이었고, 보통은 부인이 직접 장보기를 해결했다. '지기스바르트'라는 특이한 이름을 가진 린코바이스 씨는 잘해야 3, 4일에 한 번 집 밖으로 나왔다. 날씨가 나쁠 때는 밖에 나갈 필요를 못 느끼는 듯했고, 날씨가 좋은 날에도 뒷마당이 내려다보이는 작은 발코니에 앉아 있는 것으로 만족하곤 했다. 우리 집의 작은 부엌 창문으로 보면 그가 발코니에 나와 있는 모습이 보였다.

그날 저녁, 내가 ('아들러'에서 스테이크를 먹고 도서관에서 공부가 안 돼 두 시간 동안 앉아만 있다가) 집에 돌아와 보니 우리 집 문 앞에 린코바이스 부인과 건물 관리인 블뢰메 씨가 서 있었다. 얼굴이 허옇게 질린 린코바이스 부인은 금방이라도 쓰러질 듯한 모습이었는데, 소리도 나오지 않는 입으로 뭐라고 계속 중얼거리고 있었다.

린코바이스 씨 집 문은 열려 있었다. 블뢰메 씨가 가쁜 숨을 몰아쉬며 말했다.

"린코바이스 씨가 정신이 나가버렸어."

블뢰메 씨는 하루에 담배를 50개비씩 피우는 사람으로, 아주 특별한 일이 아니면 꼭대기 층에 올라오지 않았다.

"설마요?"

내가 말했다.

"정말이라니까."

블뢰메 씨가 성을 내며 말했다.

"지금 발코니에 매달려 있다고."

그는 니코틴으로 누렇게 변색되고 수전증으로 떨리는 손가락으로 열린 문 안쪽을 가리켰다. 그때까지도 마른 입술을 달싹거리고만 있던 린코바이스 부인은 갑자기 내 팔에 매달려 울먹이기 시작했다.

"제발, 제발……."

나는 믿기지 않는 상황에 머리가 절로 내둘러졌다.

"발코니 난간 위로 넘어가서 한 손으로 난간을 붙잡고 서 있다니까."

블뢰메 씨가 말했다.

"나도 시모네가 불러서 방금 올라왔어."

나는 그때까지 린코바이스 부인의 이름이 '시모네'인 걸 모르고 있었다. 그녀는 연신 고개를 끄덕이며 내 팔에 꽉 매달렸다. 지기스바르트와 시모네라…….

"제발……!"

그녀가 다시 애원했다.

"어떻게 하실 생각이세요?"

내가 블뢰메 씨에게 물었다.

블뢰메 씨는 다른 발로 무게 중심을 옮기며 담배를 찾는 듯 손으로 셔츠 주머니를 더듬었다. 귀 뒤에 담배 한 개비가 꽂혀 있었지만 모르는 듯했다.

"나라고 알겠어?"

그가 말했다.

"도대체 어떻게 해야 하는 거야? 왜 하필 오늘 이런 일이 일어나서는!"

린코바이스 부인의 울먹임은 큰 흐느낌으로 바뀌었다. 나는 블뢰메 씨가 왜 '하필 오늘'이라고 말하는지 궁금했다. 생일이라도 되는 걸까?

"진심일까요?"

내가 물었다.

"혹시 그냥 한번……."

"진심이야."

블뢰메 씨가 딱 잘라 말했다.

"확실해. 빌어먹을, 나이가 일흔다섯이나 됐잖아."

나는 나이와 진심이 무슨 상관인지 의아했지만 굳이 묻고 싶지는 않았다.

"제가 한번 가 볼까요?"

내가 물었다.

"부인 생각에……."

시모네는 아주 가까이에서 나를 뚫어지게 쳐다보았다. 그 표정은 절망과 애원 사이 딱 그 중간이었다. 나는 그녀의 손아귀에서 내 팔을 조심스럽게 풀어냈다.

"여기 계세요. 제가 가 볼게요."

"너무 가까이 가진 마."

블뢰메 씨가 말했다.

"그럼 뛰어내릴지도 몰라."

나는 고개를 끄덕이고 살금살금 집 안으로 들어갔다. 현관 복도를 따라 거실 앞까지 갔지만 거기서는 발코니가 보이지 않았다. 나는 오른쪽에 있는 거실로 들어갔다. 거실은 가구와 장식품으로 가득 차서 거의 발 디딜 데가 없을 정도였다. 발코니 난간에 매달려 있는 그가 보였다.

블뢰메 씨가 묘사한 그대로였다. 검정색 발코니 난간은 7, 80센티미터 정도로 지기스바르트 린코바이스처럼 쇠약한 노인도 어렵지 않게 넘을 수 있는 높이였다. 그는 내가 있는 곳에서 비스듬히 등을 보이며 있었고, 그의 관심은 온통 뒷마당 아래쪽에 쏠려 있었다. 지상에서 발코니까지의 높이는 약 12미터, 뒷마당에는 돌이 깔려 있었다. 만약 손을 놓고 떨어진다면 살아남지 못할 것이었다. 게다가 그는 한 손으로만 난간의 횡목을 잡고는 몸을 굽혀 아래를 내려다보고 있었다.

나는 이러지도 저러지도 못하고 거실 한가운데 서 있었

다. 그는 아직 내 존재를 눈치채지 못했다. 나는 발코니에서 5, 6미터 정도 떨어져 있었다. 나는 머릿속으로 가능한 상황을 그려 보았다. 성급하게 달려든다면 불행한 결과를 초래할 수도 있다. 게다가 나의 공격선상에는 흔들의자와 탁자가 가로막고 있었다.

나는 그를 가만히 살펴보았다. 회색 바지에 얇은 연갈색 재킷을 입고 있었다. 10분 넘게 거기 매달려 있는 거라면 추울 게 분명했다. 바깥 기온은 영상이지만 0도 언저리였다.

"흥, 모두 날 배신했잖아!"

그가 갑자기 큰 소리로 외쳤다. 누군가 밖에 있는 사람에게 말하고 있는 것 같았다. 그때 맞은편 건물 발코니에 서 있는 여자가 눈에 들어왔다. 이름은 모르지만 오며 가며 본 적이 있는 얼굴이었다. 닥스훈트 한 마리를 데리고 다니는데, 그 개는 보통 초록색 옷을 입었다.

"경찰 부르기만 해 봐, 바로 뛰어내릴 테니까!"

지기스바르트 린코바이스가 윽박지르듯 소리쳤다.

"그리고 내가 너희들 다 처단할 거야! 난 우주를 다스리는 분의 비호를 받는 몸이라고."

블뢰메 씨의 진단이 딱히 틀린 것 같지는 않았다. 나는 발코니 쪽으로 몇 걸음 더 전진한 후 흔들의자 옆에서 멈췄다.

"다 꼴 보기 싫어!"

린코바이스가 부르짖었다.

"하나같이 다 꼴 보기 싫어! 이제 난 뛰어내릴 거야. 너희도 곧 파리 목숨 신세라고."

나는 여전히 망설이고 있었다. 아무 일도 일어나지 않은 채 약 30초가 지났다. 난간을 움켜쥔 그의 손은 뼈마디가 하얗게 드러나 핏기가 없어 보였다. 나는 적어도 그에게 가까이 다가가 보기라도 해야겠다고 결심했다.

"이제 절망도 지겹다고! 더 이상 이렇게는 못 살아!"

그가 다시 외쳤다.

나는 탁자를 빙 돌아 발코니 쪽으로 다가갔다. 이제 3미터 남았다. 순간 나는 항아리가 올려진 받침대에 부딪쳤고 그 바람에 항아리가 떨어졌다. 다행히 항아리는 내가 받았지만 받침대는 우당탕 소리를 내며 그대로 바닥에 쓰러지고 말았다.

"뭐야?"

그는 홱 뒤를 돌아보았고 곧 나를 알아보았다. 아니, 알아보지 못했는지도 모른다. 왜냐면 안경을 쓰고 있지 않으니까. 그는 안경을 쓰지 않으면 사물을 분간하지 못할 정도로 시력이 나빴는데, 린코바이스 부인이 입버릇처럼 말하고 다녔기 때문에 나도 그 사실을 알고 있었다.

"지기스바르트는 눈이 잘 안 보이거든."

린코바이스 부인은 곧잘 이렇게 말했다.

"지금도 글자를 거의 못 알아봐. 언젠가는 장님이 될 거야."

그는 그래도 누군가 방에 있다는 것 정도는 알아챈 것 같았다.

"거기 누구야?"

그가 외쳤다. 예상 외로 목소리에 힘이 넘쳤다.

"가까이 오지 마. 가까이 오면 뛰어내릴 거야."

그의 목소리에서는 두려움이 적나라하게 드러났다. 나는 그 자리에 못 박힌 듯 서서 꼼짝도 하지 않았다. 뒤돌아보지 않아도 린코바이스 부인과 블뢰메 씨가 집 안에 들어왔다는 것을 느낄 수 있었다. 나는 혀로 입술을 한 번 핥은 다음 크게 심호흡을 했다.

"저예요, 할아버지."

내가 말했다.

"이리 오세요. 제가 위로해 드릴게요."

아무 반응이 없었다. 그 역시 한 손으로 난간을 잡은 채 꼼짝도 하지 않았다. 밑에서 수런거리는 소리가 들려왔다. 발코니에 사람들이 나와 서 있거나 뒷마당에 구경꾼이 몰려들었으리라.

다시 몇 초가 지났다.

"이리 가까이 와 봐. 거기 있으면 하나도 안 보여."

그가 말했다.

나는 다시 세 걸음 정도 다가가 발코니 문 앞에 섰다. 손을 뻗으면 그를 잡을 수도 있는 위치였지만 감히 그럴 엄두는 나지 않았다.

"그만."

그가 말했다.

"더 이상 가까이 오지 마. 뛰어내릴 거야."

나는 아무 대꾸도 하지 않았다.

"누구야?"

그가 다시 물었다.

"저예요."

내가 말했다.

"이리 오세요."

그는 처음에는 주저했지만 천천히 긴장을 풀었다. 그리고 곧 유순하고 수용적인 태도로 바뀌었다.

어쩌면 평생 살면서 그런 말을 처음 들어봤는지도 모른다. 그 말이 꼭 듣고 싶었는지도 모른다.

그는 크게 숨을 내쉬더니 조심스럽게 난간을 넘어와 내 품에 안겼다. 그의 몸은 얼음처럼 차가웠고 바로 격한 울음을 터뜨렸다.

그렇다, 그건 분명 징조였다.

암스테르담

프린젠그라흐트 112, 피가로 호텔

다비드 고쉬만 앞

사랑하는 다비드,

아내가 남편에게 이런 편지를 쓰는 게 흔한 일이 아니라는 건 나도 알아(특히나 현대와 같은 첨단시대에, 그리고 겨우 며칠 떨어져 있다고 말이야). 하지만 어떤 생각은 꼭 실행에 옮겨야만 그 생각에서 풀려나는 때도 있더라고.

사랑해, 다비드.

사실 이 편지도 그걸 알아 줬으면 해서 쓰는 거야. '사랑한다'는 말은 닳고 닳은 말이지만 우리가 할 수 있는 생각 중 가장 소중하고 가치 있는 것이기도 해.

그동안 우린 서로에게 사랑을 보여 줄 기회가 너무 부족했던 것 같아. 그건 당신 잘못도 아니고 내 잘못도 아니야. 그 누구의 탓도 아니야. 그러니 서로 비난은 하지 말자. 그건 쳇바퀴 돌듯 반복되는 일상이 우리 삶을 갉아먹었기 때문이 아닐까, 다비드? 난 그렇게 생각해. 다른 이유가 있었을 거라고 생각해 본 적은 단 일 초도 없어. 하지만 악순환이 되기 전에 그 고리를 끊어야 한다는 것, 우리 그 얘기 많이 했었잖아. 부부는 서로를 당연한 존재로 여기게 되기가 쉬워. 우리 이제 그러지 말자.

우리가 서로에게 의지처가 되고 우리 딸들이 커가는 모습을 함께 지켜볼 수 있다는 것이 얼마나 큰 은총인지 생각해 봐. 사랑이 우리 삶에 다시 들어올 수 있게 만들자. 당연히 있어야 할 그 자리에.

우리 처음에 약속했던 대로 죽음이 우리를 갈라놓을 때까지 사랑하면서 살자, 여보. 쉬워 보이지만 어렵고 중요한 이 말을 당신에게 꼭 하고 싶었어.

암스테르담에서 잘 지내다 와. 벌써 보고 싶어.

2월 12일 그로텐부르크에서
영원한 당신의 사람,
헤니.

6시 반에 눈을 떴는데, 눈만 감았다 뜬 기분이었다. 밤새 꿈을 꾸었는지 어쨌는지도 모르겠다. 적어도 기억나는 꿈은 없다.

나는 개들을 데리고 오랫동안 산책을 했다. 강변을 따라 마너링거 다리까지 가서 다리를 건너 숲으로 갔다. 그리고 거기서 다시 간트비츠 절벽까지 갔다. 공기는 온화했고 안개도 걷힌 상태였다. 나는 잠시 숨을 고른 뒤 쓰러진 나무 등걸에 앉아 멀리 펼쳐진 풍경을 감상했다. 정신없이 뛰놀던 개들도 숨을 헐떡거리며 내 발치에 엎드렸다.

내 풍경.

내가 풍경을 소유할 수는 없지만 내가 이곳을 떠나 살 수 없으리라는 것만은 분명하다. 이곳은 내게 고향과 같다. 이곳에 머물기 위해서라면 누군가의 무덤을 밟고 가는 일도 마다하지 않으리라. 이 표현은 다른 생각 없이 저절로 떠올랐다.

나는 동이 트는 것을 보며 집으로 돌아왔다. 돌아와 보니 온몸에 땀이 흥건했다. 나는 샤워를 하고 아침식사를 한 뒤 짐을 쌌다. 양모 양말 하나로 권총을 돌돌 말고 다른 쪽 양말에 총알을 집어넣은 뒤 가방 맨 밑에 넣었다. 왠지는 모르겠지만 그냥 그렇게 해야 할 것 같았다. 전문 킬러들도 짐을 쌀 때 그렇게 하지 않을까?

10시쯤 준비가 끝나자 나는 개들을 차에 태우고 바르트 씨 집으로 갔다. 짧게 몇 마디 나누었을 뿐이지만 정감 있는 대화였다. 그들은 베를린에 잘 다녀오라며 자기네들도 거기서 5년간 살았지만 다시 가 보고 싶은 생각은 안 든다고 했다. 그건 정말 아니라고.

웬일로 그날은 부부가 함께 집에 있었다. 물론 딸들은 학교에 가고 없었다.

"일요일 오후에 데리러 올게요."

내가 말했다.

"도착시간 정해지면 전화할게요."

"월요일까지 우리가 데리고 있어도 돼요."

바르트 부인이 말했다.

"정말 괜찮아요."

"아니면 아예 우리가 데리고 살아도 되고."

바르트 씨가 농담을 했다.

"그러면 우리 딸들이 엄마, 아빠를 다시 좋아하지 않을까?"

"글쎄요."

내가 말했다.

"저한테도 필요하긴 하거든요."

"그러지 말고 남자를 하나 들여."

바르트 씨의 말에 바르트 부인은 괜한 소리 말라는 듯 손을 내둘렀다.

"남자는 들여서 뭐해요, 천하에 쓸데없는걸."

나는 브론테 자매에 대한 이야기를 할 때면 항상 가엾은 앤의 편을 들어주곤 한다. 그날도 예외는 아니었다.

나는 그녀의 나이가 겨우 스물아홉 살이었다는 것을 강조했고, 〈애그니스 그레이〉와 〈와일드펠 홀의 소작인〉이 〈폭풍의 언덕〉(브론테 세 자매 중 둘째 에밀리 브론테의 소설_

역주)이나 〈제인 에어〉(브론테 세 자매 중 첫째 샬럿 브론테의 소설_역주)에 비하면 완성도가 떨어지는 작품이지만 그렇지 않은 소설이 얼마나 있겠느냐고 지적했다. 게다가 두 언니들이 앤의 활동에 도움이 됐다고 할 수도 없었다.

"저 빌려주실 수 있나요?"

누군가가 물었다. 나는 이번 학기에도 내가 소장하고 있던 앤의 소설 두 권을 학생에게 빌려주었다.

그런데 웬일인지 평소와 달리 내가 아끼는 이 주제에 집중하기가 힘들었다. 그래서 베를린 일정 핑계를 대고 20분 일찍 강의를 마쳤다. 학생들은 물론 강의가 일찍 끝나는 것에 이의가 없었다.

서류 가방은 그냥 사무실에 뒀다. 월요일 강의 준비는 두 시간 일찍 나와서 하면 된다.

차를 타고 학교 주차장을 빠져나갈 때 시간은 아직 2시 반이었다. 달린 지 5분도 안 돼 강박관념이 들었다. 나는 고속도로 입구에 있는 주차장에 차를 세우고 트렁크에 가방이 잘 들어 있는지 확인했다.

잘 있었다.

나는 가방을 열고 총과 총알도 확인해 보고 싶었지만 휜

한 대낮에 주차장에서 그런 짓을 할 수는 없었다.

'아그네스, 차분하게.'

나는 다시 운전대를 잡으며 생각했다.

'지금은 차분해져야 할 때야.'

하지만 내 맥박과 호흡은 평소보다 빨랐다. 나는 긴장 때문이 아니라고 속으로 되뇌었다. 헤니에게도 말한 적 있는 되살아난 삶의 원기 때문일 거라고.

시내에 들어가기 전에 지도를 보고 들어갔는데도 호텔 찾는 일은 쉽지 않았다. 느닷없이 일방통행로가 두 개나 나타나 길을 헤매게 됐고, 퇴근시간에 걸려 길이 막힌 데다 비까지 쏟아졌기 때문이다. 그래도 결국은 제대로 된 주소를 찾아 무사히 호텔에 도착했다.

호텔 입구는 너무 평범해서 눈에 잘 띄지 않았다. 나는 호텔로 들어가 주차장 위치를 물었다. 현금을 지불하고 체크인을 했다. 신분증을 보여 달라는 요구는 없었다.

방으로 올라온 나는 가방 속의 총을 꺼내 이불장 안의 이불 사이에 쑤셔 넣고 욕조에 물을 받았다.

입욕제에서는 잔디 깎은 냄새와 레몬향이 났다. 30분간

거품 목욕으로 긴장을 푼 뒤에는 미니바에서 작은 병에 든 레드와인을 꺼내 마시고 담배를 한 대 피웠다. 막상 그러고 있노라니 내가 타락했다거나 하는 기분은 들지 않았다. 모든 게 이 여행의 징후들과 맞아떨어지는 느낌이었다. 나는 다시 한 번 전문 킬러의 일상을 상상해 보았다. 전문 킬러들도 이렇게 다음 날을 준비하지 않을까?

호텔에서 식사를 하고 밖으로 나갔다. 비는 그쳤지만 바람이 매서웠다. 나는 주변 지리를 익힌 다음 가장 빠른 길을 찾아 현장으로 향했다. 잘해야 3, 400미터 정도 되는 거리였다.

어둠 속에 웅크린 자동차들, 손님이 별로 없는 술집 두 개를 지나 불이 켜지지 않은 어두운 길을 걸어가니 꽤 큰 호텔이 나왔다. 나는 천천히 호텔을 지나쳤다. 생각보다 컸다. 제대로 된 로비가 있는 호텔이었다. 로비가 있다면 잘된 일이다. 눈에 띄지 않게 안으로 들어갈 수 있으니까. 방으로 가는 길에 저지당한다면 곤란해진다.

그리고 변장도 할 것이다. 심하게는 아니고 필요한 정도로만. 금발 가발에 색안경이면 된다. 그 누구도 나를 의심하지 않을 텐데 과장할 필요가 있겠는가.

나는 호텔방으로 돌아와 형편없는 프랑스 영화 한 편을 보고 새로 읽기 시작한 루살로메(독일의 작가이자 정신분석 학자_역주)의 책을 몇 장 읽었다.

　그리고 12시 반쯤, 불을 끄고 누워 24시간 뒤의 내 상황을 상상해 보았다.

다음 날 아침, 6시 반에 잠에서 깼다. 꿈을 꾸었나 싶은 순간 어제 린코바이스 씨 일이 번뜩 떠올랐다. 낮에 겪은 일의 인상이 강해서 밤에도 머릿속에 남아 있었던 모양이다.

나는 잠시 더 누워서 린코바이스 씨가 발코니에서 내려온 후의 일을 떠올려 보았다. 그는 싫다고 버텼지만 결국 병원으로 실려 갔다. 집에 있게 해 달라고 아이처럼 우는데도 린코바이스 씨의 여동생과 린코바이스 부인은 끄떡도 하지 않았다. 그의 여동생은 큰 키에 등이 구부정하고 표정이 어두운 사람이었는데, 그 드라마가 끝나자마자 기다렸다는 듯 도착했다.

구급대원들이 올라오자 린코바이스 씨는 내게 매달렸다. 하지만 그 행동 때문에 더 미친 사람처럼 보였을 뿐이다.

"난 더 살기 싫다고!"

그가 소리쳤다. 온 건물이 쩌렁쩌렁 울릴 정도로 큰 소리였다.

"내가 이렇게 절망한 걸 모르겠어?"

나는 그가 너무 불쌍했다. 하지만 그의 부인과 여동생이 구급차에 함께 탔으니 괜찮을 거라고 생각했다. 어쩌면 그게 최선의 방법인지도 몰랐다. 어쨌든 내게는 그보다 더 나은 방법이 떠오르지 않았다.

나는 자리에서 일어나 커피를 끓였다. 아침을 먹고 신문을 읽고 샤워를 하고 나니 8시 반이었다. 그때부터 전화기 앞에 앉아 다비드 고쉬만의 전화가 오기만 기다렸다.

10시가 됐지만 아무 소식이 없었다. 11시에도 전화는 오지 않았다.

나는 아무것도 할 수가 없었다. 책도 읽을 수가 없었다. 그러다 작은 싱크대에 털스웨터를 넣고 빨기 시작했다. 하지만 빨래에도 집중할 수가 없어 곧 그만두고 지저분한 채로 의자 등받이에 널어놓았다. 신문에 있는 십자퍼즐을 풀어보려고 했지만 매번 틀리기만 했다. 화장실에 가고 싶었다. 하지만 전화선이 화장실까지 닿지 않아 그것도 참았다.

12시.

그는 분명 '늦어도 12시에는'이라고 말했다. 11시 반에서 2분이 지나자 나는 의자에 앉아 전화기를 노려보기 시작했다. 그러다 이건 아니다 싶어 침대에 누워 내 맥박수를 세었다. 그리고 죽음이 내 옆에 누워 있다고 상상했다. 왜 그런 걸 상상했는지는 모르겠다.

15분 전.

마지막 남은 커피 한 모금을 마셨다. 속이 안 좋았다. 옛말 틀린 거 없다더니 기다리니까 전화가 더 안 오는 것 같았다. 뭔가 다른 생각을 해야 한다. 나는 창밖을 내다보며 생각했다.

린코바이스 씨는 다시 집에 오셨을까? 집에 오진 못했더라도 진단 정도는 나오지 않았을까?

10분 전.

아무 일도 일어나지 않았다. 감감무소식.

5분 전.

2분 전에 전화벨이 울렸다. 나는 손을 수화기에 대고 한 번 더 벨이 울릴 때까지 기다렸다. 허겁지겁 받은 것처럼 보이고 싶지 않았다.

"여보세요."

아빠다. 고환을 다 제거했다고 한다. 하지만 일상생활은 가능하다고.

전화를 끊었다. 슈테판 교회의 종이 12시를 쳤다.

나는 15분 늦게 지하극장에 도착했다. 다른 사람들은 이미 다 모여 있었다. 다비드 고쉬만은 검정색 폴로셔츠에 검정색 코듀로이 바지 차림으로 무대 가장자리에 앉아 발을 흔들다가 내가 문을 열자 말을 멈추었다.

로텐빌레가 뒤를 돌아보다가 손으로 입을 막고 기침을 하기 시작했다. 감기는 전혀 나아진 것 같지 않았다. 모두 다섯 명이 맨 앞줄에 나란히 앉아 있었다. 체호프 작품에서 나와 자매였던 레나테와 우르술라, 로텐빌레, 마틸드라는 이름의 신입 한 명. 그 애는 혀 짧은 소리를 해서 무성영화 시대가 아니면 연기로 성공하기 힘든 애였다.

나는 고쉬만에게 미소를 지으며 왼쪽 통로로 천천히 걸어 내려가 레나테 옆에 앉았다.

"어서 와."

고쉬만이 말했다.

"지금 고너릴과 리건을 차별화해야 한다는 얘기를 하는 중이었어. 똑같은 두 인물이 함께 무대에 있으면 살아 있다는 느낌도 안 들고 개연성도 없어 보이거든. 서로 공기를 뺏어먹는 꼴이지……."

"아, 네."

내가 말했다.

그는 헛기침을 한 번 한 다음 말을 이어갔다. 오후 내내 나는 가슴속에 매듭 하나가 들어 있는 것 같은 느낌이었다. 매듭은 이제 위로 치솟았다 옆으로 이동했다 하며 자신의 존재를 알리고 있었다. 나는 올라오는 매듭을 삼키고 또 삼켰다. 레나테와 우르술라가 왜 여기 있지? 그럼 대체 누구지?

"저기, 죄송한데요."

내가 말했다.

고쉬만은 다시 말을 멈추고 나를 쳐다보았다. 오늘따라 푸른 눈이 밖으로 흘러넘칠 듯 유난히 반짝였다.

"코딜리어 역은 배정됐나요?"

고쉬만이 고개를 끄덕였다. 오른쪽 맨 끝에 앉아 있던 로텐빌레는 몸을 반쯤 일으키며 발작적으로 기침을 해댔다.

"누구죠?"

고쉬만은 힘없이 손을 내렸다.

"너희 모두 훌륭했어."

나는 다음 말을 기다렸다. 내 안의 매듭은 이제 꼬이기 시작했다.

"처음에 말했듯이 점수는 후하게 줬고, 그 조건도 모두에게 똑같았어."

"누구냐고요?"

내가 다시 물었다.

"우리의 결정, 아니 내 결정은 극단에 속하지 않은 사람이야. 아직은 단원이 아니지. 헤니라고 있어, 헤니 델가도. 너희 중에 혹시……."

나는 깍지 낀 손으로 배를 꾹 눌렀지만 꾸역꾸역 올라오는 구역질을 더 이상 참을 수는 없었다. 나는 그날 먹은 걸 모두 토했다. 평생 동안 먹은 음식을 다 토한 것 같았다.

로텐빌레는 나를 데리고 나가 택시에 태워 주었다.

암스테르담

프린젠그라흐트 112, 피가로 호텔

다비드 고쉬만 앞

사랑하는 다비드에게

지난번엔 고마웠어. 그리고 편지도 잘 받았어.

난 전혀 급하지 않아. 남편이 죽고 나서 1년 정도는 자숙해야 한다는 거 알지? 우리 파격적인 행보는 삼가기로 했잖아.

나한테도 그게 편해. 그 밖의 당신 삶이나 당신 아내에 대해서는 관심 없어. 한 번도 그런 적 없어. 하지만 난 당신을 사랑하고 원해. 한 달에 딱 이틀씩만. 언젠가는 더 바라게 될 수도 있겠지.

그리고 미안하지만 암스테르담에는 갈 수 없을 것 같아. 부탁이니 내가 당신을 멀리하려고 한다고 생각하지 말아줘. 이번 베를린 여행에는 꼭 가야 하거든. 남자들은 항상 이런 일에 너무 민감하게 반응하더라고.

편지에서 내가 원한다면 아내와 이혼할 준비가 돼 있다고 했지? 글쎄, 난 그게 얼마나 진심인지 잘 모르겠어. 언젠가는 내가 그걸 요구하게 될 수도 있겠지. 아까도 말했듯이 당신을 더 가지고 싶어질지도 모르니까. 하지만 지금은 아니야. 우리 이렇게 감질나게 즐기자고. 지금까지 계속 그래왔듯이.

3월에 스트라스부르크에는 꼭 갈게. 나흘이나 머물 수 있을지는 모르겠지만 강의와 세미나를 최대한 미루도록 해 볼게.

지난번에 우리 집에 와줘서 정말 즐거웠어. 이 집이 마음에 든다니 나도 기뻐. 이 집이 마음에 안 든다면 그 사람이 이상한 거지. 생각날 때는 언제든 와도 좋아. 단, 몇 시간 전에 연락만 해 줘. 음식 준비하고 좋은 와인 따놓을 시간은 있어야지.

나도 이 집에 계속 살 수 있게 돼서 얼마나 좋은지 몰라. 정말 우연찮은 기회로 경제 사정이 좋아졌거든. 당신이 입버릇처럼 하던 말, 무슨 일이 있어도 희망을 버려선 안 된다. 정말 맞는 말이야.

근데, 사실 당신이 보고 싶긴 해. 거칠게 사랑을 나누고 당신이 뒤에서 나를 안은 채로 잠드는 게 정말 좋거든.

다음 주에 어때?

하룻밤 그리고 그다음 날 아침까지.

가능할까?

2월 12일 곱스하임에서 사랑을 담아,

당신의 아그네스로부터.

금요일 뮌헨의 하늘은 예상 외로 높고 푸르렀다. 아침에는 영국정원을 산책했다. 걷다 보니 개들이 없어서 허전했다. 개들은 정말이지 공원에 딱 맞게 태어난 존재다. 아니면 그 반대일지도 모르겠지만.

헤니를 정확히 언제 어떻게 죽일지 나는 알지 못한다. 그 일이 오늘 반드시 일어난다는 보장도 없다. 하지만 아마도 그럴 것이라 생각한다.

내게는 계획이 하나 있다. 아니 여럿 있다. 행동 옵션이 시리즈로 준비돼 있다. 1번이 안 되면 2번, 아니면 3번 옵션을 택하면 된다. 이 열린 방법 외에는 달리 방도가 없으므로 순간과 우연을 잘 활용하는 수밖에 없다. 그러나 걱정하지는 않는다. 오히려 반대다. 삶도 이런 비슷한 구조로 되어 있지 않은가. 삶 또한 질서와 우연 사이를 오가는 판당고(스페인의 민속춤_역주) 같은 것이다. 만약 춤출 줄 모른다면 삶을 만끽하려는 욕심도 버려야 한다. 나는 춤출 줄 안다. 원래부터 그랬다.

호텔로 돌아가는 길에 공중전화로 레기나 호텔에 전화를 걸었다. 그리고 헤니 델가도 씨에게 꽃다발을 보내야 하니 방 번호를 알려달라고 했다.

"델가도 부인은 아직 체크인을 안 하셨네요. 하지만 419호에 묵으실 예정입니다."

나는 고맙다고 하고 전화를 끊었다. 이렇게 쉽다니, 말이 필요 없을 정도다.

에리히가 죽었을 때 그 누구도 나를 의심하지 않았다. 헤니가 죽어도 나를 의심하는 사람은 없을 것이다. 그렇다. 나는 공중전화 부스에서 나와 시간을 확인했다.

11시 20분.

이제 기다리는 일만 남았다.

나는 알터 비르트 호텔의 내 방으로 돌아왔으나 도무지 안정이 되지 않아 곧 다시 밖으로 나왔다.

나는 시내에서 두 시간을 보냈다. 탈 거리, 카우핑거 가를 지나 칼스토어 성문까지 갔다. 그리고 '예술의 집'에 들어가 관람을 했지만 금세 지겨워져서 바로 나와 에렌굿에서 식사를 했다.

용케도 오후까지 좋은 날씨가 계속됐다. 온화한 남서풍이 불고 있었다. 그런데 '요하니스' 카페에서 커피를 마시고 있을 때 뭔가 감지되는 게 있었다. 처음에는 그것의 정체가 뭔지 몰랐다. 그러나 차츰 그것이 누군가의 존재감이라는 걸 느낄 수 있었다.

그렇다, 존재감.

누군가의 시선이 나를 향하고 있는 걸까? 아주 희미하면서도 강력한 기운, 나는 그 기운이 어디서 오는 것인지 보려고 사람으로 가득한 카페 안을 찬찬히 둘러보았다. 누군가 나를 관찰하고 있을지도 모를 일이었다.

하지만 누가 나를, 그리고 왜 관찰한단 말인가.

남자가 여자를 꼬드겨 보려고 자꾸 쳐다보는 것일 수도 있다. 그것도 하나의 가능성이다. 나는 다시 한 번 주위를 둘러보았다. 그러나 그럴 만한 사람은 보이지 않았다.

나는 계산을 하고 카페에서 나와 막시밀리안 가로 들어섰다. 그리고 담뱃가게에서 담배 한 갑을 산 뒤 테아티너

교회와 호프가르텐 쪽으로 걸었다. 그러나 그 싸한 느낌은 가시지 않았다.

아마 강박관념 때문이 아닐까? 어떤 생각들은 뇌리에 박혀 떨어지지 않기도 하니까. 가만, 그러고 보니 오늘 아침 영국정원에서도 그런 느낌을 받았었다.

나는 택시를 불러 타고 호텔로 돌아갔다.

저녁 6시, 나는 다시 공중전화 앞에 섰다. 레기나 호텔에 전화를 걸어 419호 델가도 부인을 연결해 달라고 했다. 호텔 여직원의 "잠시만이요."에 이어 곧 "여보세요." 하는 소리가 들렸다. 약간 놀란 듯했고 근심이 깃든 듯한 말투였다. 나는 헤니의 목소리를 확인하고 바로 전화를 끊었다.

헤니는 호텔에 있다.

방으로 돌아온 나는 권총을 꺼내 가방에 넣고 준비해 온 옷을 입었다. 몇 년간 입지 않은 밝은색 코트와 검정색 바지. 그리고 짧은 바가지머리 가발을 쓰고 안경도 썼다. 물론 미리 써보는 것이다. 욕실 거울로 보니 완전히 딴사람 같았다. 나는 그것들을 가방에 쑤셔 넣고 방을 나섰다.

호텔을 나온 나는 마리엔 가와 호흐브뤼크너 가를 따라

걸었다. 술집들은 모두 텅 비어 있었다. 주차된 차들도 모두 비었다. 오른쪽으로 꺾어 힐데가르트 가로 들어섰다. 이제 다 왔다.

성문 아래 골목길에서 가발과 안경을 썼다. 그리고 쇼윈도에 얼굴을 비쳐본 후 호텔에 들어섰다. 호텔은 규모도 크고 화려하다. 대리석과 어두운 톤의 참나무로 된 인테리어에 커다란 가죽소파가 즐비하다. 비스듬히 왼쪽으로 프론트가 있고, 오른쪽으로는 엘리베이터들이 보인다. 바와 레스토랑도 있다. 나는 잠시 망설이다 바에 들어가 진토닉을 주문했다.

아직 이른 저녁이라 손님은 몇 되지 않았다. 남자 두 명, 예순쯤 돼 보이는 여자 한 명. 막 화장한 듯한 얼굴에 슬픔이 깃들어 있고 누구를 기다리는 눈치다. 레스토랑 쪽에서 여럿이 웅성거리는 소리가 들리더니 곧 웃음소리가 터져나왔다. 내 판단으로는 분명 미국인 단체손님이다.

나는 잔을 비우고 담배를 한 대 피웠다. 그리고 《남독일신문》을 뒤적이며 지금 전화를 걸까 생각해 보다가 조금 더 기다리기로 했다.

바에서 나와 코트를 팔에 걸친 채 엘리베이터 쪽으로 걸었다. 엘리베이터 버튼을 누르고 혼자서 4층으로 올라갔다. 4층은 401호에서 420호까지다. 401호에서 410호까지는 왼쪽, 411호에서 420호까지는 오른쪽이다. 얼음자판기와 자동 구두닦이 기계도 있다.

오른쪽 복도를 따라 걸었다. 복도는 414호를 기점으로 왼쪽으로 꺾인다. 419호는 복도 끝 비상구 앞. 나는 비상문을 열고 반 층을 걸어 내려가 위에서도 아래서도 보이지 않는 곳에 자리를 잡았다. 좁은 창문으로 파란 하늘이 보였다. 나는 속으로 완벽하다고 생각했다.

가발과 색안경을 고쳐 쓰는데 손이 살짝 떨렸다. 가방 안의 권총을 다시 한 번 만져 보고 휴대전화를 꺼내며 일이 끝난 후 헤니의 휴대전화를 꼭 들고 나와야 한다고 머릿속에 되새긴다. 나중에 경찰이 헤니의 통화 목록에서 내 번호를 찾아내면 큰일이니까.

호텔에 한 번 더 전화를 해 보고 싶지만 그럴 엄두는 나지 않는다. 거기에 내 번호가 저장될 수도 있으니까.

나는 계단참에서 담배를 한 대 피우고 헤니의 번호를 눌렀다. 약속대로 헤니는 전화를 받지 않았다. 곧 음성사서함이 튀어나왔다. 나는 신호음을 기다렸다.

"게오르크, 잘 지냈니? 베아트리체 고모야. 자색 접시꽃 주문했고 화요일에 배달된단다. 따로 전화는 안 해도 돼. 괜히 전화요금 많이 나온다."

나는 휴대전화 전원을 꺼서 가방 속에 집어넣었다. 그리고 권총을 손에 들고 다시 복도로 나갔다. 복도는 조용했고 텅 비어 있었다. 419호 앞에 선 나는 정신을 집중했다.

문을 두 번 두드렸다.

"네!"

그녀의 목소리는 아주 가까운 곳에서 들렸다. 문에 바짝 붙어 서 있다는 뜻이다. 나는 손잡이를 잡으려다 망설였다. 방금 남편의 사망 사실을 알았으니 안에서 문을 잠갔을 수도 있다.

"룸서비스입니다."

내가 목소리 톤을 높여 말했다.

"수건 갈아드릴게요."

2초 정도 망설임이 있더니 문이 열렸다.

나는 얼른 방 안으로 들어갔다. 헤니는 겁먹은 듯 몇 걸음 뒤로 물러섰다. 나는 등 뒤로 문을 닫고 그녀에게 총구를 겨누었다.

헤니는 침대에 털썩 주저앉았다.

"뭔가 오해가 있는 것 같은데……."

그녀가 말했다.

"아니."

"방을 잘못 찾으신 것 같아요."

"아니, 잘 찾았어."

그녀는 나를 알아보지 못하는 게 분명했다.

"돈을 원해요? 지금 가진 건 얼마 안 되지만 이거……."

나는 그녀 쪽으로 두 걸음 다가섰다. 그리고 그녀의 머리에 총구를 겨누었다.

"누구세요? 설마…, 맙소사!"

내 입은 어느새 웃고 있었다. 웃음은 마치 오르가슴처럼 솟구쳤고, 꾹 참지 않으면 터져 나올 것만 같았다. 그러나 다음 순간 등 뒤에서 어떤 움직임이 느껴졌고 뒤를 돌아보려는 찰나 누군가…….

나는 정신이 들었다. 머리가 깨질 듯 욱신거렸다. 숨쉬기가 힘들었다. 입에 넓은 접착테이프가 붙여져 있었다. 손으로 테이프를 떼려 하자 뒤에서 억센 손이 목덜미를 거머쥐었다. 테이프는 그대로 붙여 두라는 뜻이리라. 나는 대신 의자 손잡이를 꽉 잡았다.

　내 가발과 색안경이 침대 위에 널브러져 있었고, 헤니가 맞은편 의자에 앉아 내게 총을 겨누고 있었다. 총은 내 것이 아니다. 그런데 이것 역시 소음기가 부착돼 있다.

　비스듬히 등 뒤로 남자가 한 명 서 있는데, 그의 손에도 무기류가 들려 있다는 것을 느낌으로 알 수 있었다. 하지만 굳이 뒤돌아보고 싶은 생각은 없었다. 손이 자유롭다는 것, 머리가 깨질 듯 아프다는 것 말고는 아무 생각도 나지 않았다. 두통은 양쪽 관자놀이에서 명멸하는 검은 폭탄처럼 펑펑 터졌다.

헤니와 나 사이에 있는 낮은 탁자 위에 편지봉투가 한 장 놓여 있었다. 편지봉투에 내 이름이 씌어 있는 게 보였다. 성 없이 이름만 덜렁 씌어 있고, 밑줄이 두 줄 쳐져 있었다.

나는 고개를 들어 헤니를 쳐다보았다. 웃음을 참는 듯 입술이 일그러져 있고 희미하게 반짝이는 눈동자에는 승리감이 어려 있었다. 술을 마신 것 같기도 했다. 그녀가 입을 열기까지는 10초 정도 걸렸다. 그래서인지 발음이 더욱 또렷하게 들렸다.

이 말할 수 없는 악한아, 네 죄상을 직접 읽어 봐. 찢지 마 이것아, 너도 기억이 나는 모양이구나. (《리어 왕》 5막 3장 중 올버니가 고너릴에게 하는 대사_역주)

잠시 침묵이 흘렀다. 헤니의 목소리는 무척 낯설게 들렸다. 그녀의 오른쪽 입가가 실룩거렸다.

"아그네스, 너에게 뭔가 설명해 줄 생각은 전혀 없어. 그리고 네 얘기도 전혀 듣고 싶지 않아. 단. 한. 마. 디. 도!

자, 읽어."

그녀는 총부리로 편지를 가리켰다. 나는 봉투에서 여러 번 접힌 편지를 꺼내 펼쳤다. 평소와 똑같은 편지지에 낯익은 친숙한 글씨체였다. 등 뒤의 남자가 헛기침을 하며 무게 중심을 다른 발로 옮겼다.

"읽어."

헤니가 다시 말했다.

"지금 바로 읽지 않으면 가차 없이 쏴버릴 거야!"

나는 고개를 끄덕이고 편지로 시선을 돌렸다. 그 순간 다시 그것의 존재가 엄습했다. 차가운 물벼락을 맞는 기분이었다. 극도의 두려움, 며칠 전 부름스에서 경고라도 되는 듯 불쑥 찾아온 그 두려움이었다. 오늘 오후에도 그 두려움을 느끼지 않았던가. 그저 착각이 아니었던 거다. 심각하게 받아들이고 출처를 따졌어야 하는 거였다.

이제 알겠다. 폭발하는 듯한 두통과 두통 사이에서 나는 모든 걸 이해할 수 있었다. 그러나 이제 와서 무슨 소용이란 말인가. 나는 편지 위로 시선을 떨어뜨렸다.

친애하는 아그네스!

난 네가 너무 역겨워! 사람이 사람을 이렇게까지 혐오할
수 있으리라고는 생각하지도 못했어. 그런데 그게 가능하
더라.

이 신파극도 그 덕분에 만들어진 거야. 그냥 너희 집에
찾아가서 개처럼 쏴죽일 수도 있었어. 하지만 난 네 면상
에 대고 직접 말해 주고 싶었어. 네가 어떤 인간인지, 네가
죽어야 하는 이유가 뭔지.

그래서 지금 우리가 이렇게 마주 앉아 있는 거고.

아니, 올려다보지 마. 그냥 계속 읽어. 네가 끝까지 다
읽고 내용을 이해했다는 게 보이면 그때 쏠 거야.

너 정말 내가 모를 거라고 생각했니? 내 남편과 바람피

운 여자가 누군지 알아보지도 않을 정도로 내가 바보인 줄 알았어? 그리고 이런 상황에서 내가 다비드에게 죄를 물을 줄 알았어?

아그네스, 그렇다면 날 너무 얕잡아본 거야. 하긴 넌 항상 날 얕잡아보고 무시했지. 넌 왜 그렇게도 남 잘되는 꼴을 못 보는 거니? 넌 항상 그랬어. 너 자신의 성공보다 남의 불행을 더 기뻐했어. 네가 떠받든 신은 술수와 계략, 잔인함과 간계였지.

네 엄마가 치과의사 마르텐스 선생님과 잘되는 게 그렇게도 싫었니? 내가 코딜리어 역을 맡은 게, 트리스트람 싱과 잘되는 게 그렇게도 꼴 보기 싫었어? 그 애 기억나기는 하니?

다비드는 또 어떻고? 네가 어떤 함정을 파놓고 다비드를 유인했는지는 모르겠지만 교묘하고 사악한 방법이었다는 건 안 봐도 알아. 넌 매사에 그렇잖아, 아그네스.

하지만 난 다비드를 놔주지 않기로 결심했어. 아이들에겐 엄마뿐 아니라 아빠도 꼭 필요하거든. 그리고 난 남편에게만 맹세한 게 아니야. 나 자신과 신에게도 맹세했어. 우리의 결합을 끝까지 지켜 내겠다고. 죽음이 우리를 갈라놓을 때까지. 난 올바르다고 믿는 가치에 대한 신념이 굳은 사람이야. 너도 기억하겠지만 어려서부터 그랬어.

그리고 아그네스, 난 내가 널 이 자리로 꾀어 낼 수 있다는 걸 처음부터 알고 있었어. 벤야민은 어려울 거라고 했지만 말이야. 내 동생 벤야민 기억나지? 우린 서로 사랑하는 사이야. 물론 남매간의 사랑이 허락하는 범위에서. 벤야민은 언제나 내 편이었고 내 옆에 있어 줬어.

넌 벤야민을 좋아하지 않았어. 자기방어도 못하는 어린아이에게 넌 참 모질게 굴곤 했지. 벤야민도 나도 잘 기억하고 있어.

뮌헨에서 널 그림자처럼 따라다닌 사람도 벤야민이야. 그전에도 몇 번 그런 적이 있었고. 내가 널 쏴죽이면 벤야민이 밤에 네 시체를 뒷문으로 끌어내 이자르 강에 던질 거야. 그래, 벤야민은 그동안 힘센 남자가 됐어. 몸에 무거운 추를 매달 거니까 네 몸뚱이는 진흙탕 강바닥에서 천천히 썩어갈 거야. 네 영혼이 어디로 갈지는 의심의 여지가 없고.

네 차도 절대 발견되지 않을 거야, 아그네스. 바르트 가족에게 행선지를 어디로 말해 놨는지는 모르겠지만 암스테르담이나 뮌헨이라고는 안 했겠지. 네 차는 벤야민이 잘 알아서 처리할 거야.

넌 그냥 사라지는 거야, 아그네스. 연기처럼 사라지는 거라고! 너도 느껴지겠지만 난 지금 이 상황을 즐기고 있단다. 사형선고와 다름없는 내 편지를 읽고 있는 널 보니 주체할 길 없는 기쁨이 밀려와.

너도 생각해 보면 알겠지만 여기까지 오느라 준비할 게 참 많았어. 그리고 난 훌륭하게 해냈어. 돈이 들었지만 하나도 아깝지 않아. 온갖 죄를 저질렀고 내 인생까지 망치려 했던 경멸스러운 인간을 내 지능과 내 손으로 처단하는 것만큼 짜릿한 게 또 있을까? 복수 말이야.

넌 날 죽이려 했어. 네가 그 유혹을 떨치지 못할 거라는 걸 난 잘 알고 있었고 결국은 제 꾀에 제가 넘어간 셈이지. 그건 너도 인정해야 할 걸? 넌 죽어도 싼 인간이야.

내 마지막 편지가 끝나가고 있구나, 아그네스. 이제 정말 얼마 남지 않았어. 넌 그냥 죽 읽어 내려가면 돼. 네가 마지막 줄까지 다 읽으면 고개를 들고 날 쳐다보겠지. 그럼 난 네 머리에 총을 두세 방 쏠 거고 넌 죽을 거야. 아니면 가슴을 쏴줄까? 죽기 전에 약간의 고통을 맛보게 해줄

의향은 얼마든지 있어.

고개를 들면 내 총에도 네 것처럼 소음기가 달려 있는 게 보일 거야, 아그네스.

왜 네 총이 시끄러운 소리를 낼 거라고 썼니? 네가 소음기 달린 총을 소지하고 있다거나 그런 총을 구했다고 하면 너무 개연성이 없을까 봐 그랬니? 글쎄, 그건 잘 모르겠지만 이건 확실히 알겠어. 지금 네 눈빛이 흔들리고 있다는 거.

아직 날 쳐다보진 마. 아직 한 장이 더 남아 있거든. 다음 장이 얼마나 길지 넌 모르지? 이제 곧 알게 돼. 그리고 마지막 줄 마지막 단어를 읽으면 넌 죽어.

아니, 뒤로 가서 처음부터 다시 읽을 생각은 하지 마. 네가 이해했다는 거 다 알아. 아주 잘 이해했지.

자, 이제 정말 몇 줄 안 남았다. 문장 하나 읽는 데 그렇게 꾸물거리고, 단어 하나 읽는 데 그렇게 시간이 오래 걸려서야 되겠니?

살기 위해 글자 하나에 매달리는 꼴이라니!

1분 1초가 이렇게 길게 느껴질 줄은 몰랐지?

그런데 아그네스,

이제 다 읽은 것 같구나.

이제 곧 고개를 들어야 해, 아그네스.

글자 하나에 계속 매달려

있을 순 없잖니?

이게 마지막 장이야.

이게

네 인생의

마지막 순간이야.

고개를 들어, 아그네스.

날 봐.

지금!

HÅKAN NESSER
INTRIGO DEAR AGNES

　'인트리고(INTRIGO)'는 마르담 중심가 케이메르 가에 있
는 카페 이름입니다. 2018~2019년에 걸쳐 개봉을 하는 다
니엘 알프레드손 감독의 세 영화를 아우르는 제목이기도
합니다.

　〈디어 아그네스(Dear Agnes)〉, 〈데스 오브 언 오서(Death
of an Author)〉, 〈사마리아(Samaria)〉 이 세 편의 영화는 이
전에 나온 소설 〈디어 아그네스〉, 〈레인(Rein, Death of an
Author)〉, 〈사마리아의 야생난(Ormblomman från Samaria)〉
을 바탕으로 합니다. 이 '인트리고'에는 네 개의 이야기가
나오는데 그중 단편소설 〈톰(Tom)〉은 새 작품으로, 처음
출판되는 것입니다.

책은 책이고 영화는 영화입니다. 이야기가 다른 매체를 만나면 종종 안팎이 바뀌며 뒤집히기도 하고, 또 새로운 표현 방법을 발견하기도 합니다. 심지어 완전히 다르게 풀려 나가기도 하지요. '인트리고'의 경우 책과 영화는 모두 정말 중요한 알맹이, 즉 각 이야기의 핵심을 그대로 유지해 보존했습니다.

영화가 전 세계적으로 상영되는 것은 물론 책 또한 14개국에서 출간되어 기쁩니다. 특히 제 작품이 처음으로 한국에 소개되어 이 또한 영광입니다.

스톡홀름에서 호칸 네세르

호칸 네세르 출간 도서 연보

- 안무가(Koreografen), 1988

- 거친 밤(Det grovmaskiga natet), 1993

- 보르크만의 관점(Borkmanns punkt), 1994

- 도착(Aterkomsten), 1995

- 바린의 삼각형(Barins triangel), 1996

- 점이 있는 여자(Kvinna med fodelsemarke), 1996

- 수사관과 침묵(Kommissarien och tystnaden), 1997

- 킴 노박은 게네사렛 호수에서 수영하지 않는다
  (Kim Novak badade aldrig i Genesarets sjo), 1998

- 뮌스터의 가을(Munsters fall), 1998

- 늑대의 시간(Carambole), 1999

- 파리와 영원(Flugan och evigheten), 1999

- 에바 모레노의 가을(Ewa Morenos fall), 2000

- 제비, 고양이, 장미, 죽음(Svalan, katten, rosen, doden), 2001

- 피카딜리 서커스는 쿰라에 있지 않다(och Piccadilly Circus ligger inte i Kumla), 2002

- 디어 아그네스(Kara Agnes!), 2002
- 사건 G(Fallet G), 2003
- 비와 그림자(Skuggorna och regnet), 2004
- 닥터 클림케의 관점에서(Fran doktor Klimkes horisont), 2005
- 개 없는 인간(Manniska utan hund), 2006
- 완전한 다른 이야기(En helt annan historia), 2007
- 루스 씨 보고서(Berattelse om herr Roos), 2008
- 베르틸 알베르손 사건의 진실은?(Sanningen i fallet Bertil Albertsson?), 2008
- 정원사의 관점(Maskarna pa Carmine Street), 2009
- 외로운 사람들(De ensamma), 2010
- 런던의 하늘(Himmel over London), 2011
- 살인의 밤(Styckerskan fran Lilla Burma), 2012
- 윈스포드의 삶과 죽음(Levande och doda i Winsford), 2013
- 베를린에서의 11일(Elva dagar i Berlin), 2015
- 칼만 사건(Eugen Kallmanns ogon), 2016

옮긴이 | 김진아

숙명여자대학교를 졸업하고 독일 베를린 자유대학교에서 교육학 및 연극학 석사를 받았다. 독일 두이스부르크-에센 대학교에서 교육학 강사를 역임하였고, 현재 전문번역가로 활동 중이다. 옮긴 책으로는 『백설공주에게 죽음을』, 『바람을 뿌리는 자』, 『깊은 상처』, 『사악한 늑대』, 『서울의 잠 못 이루는 밤』, 『수잔 이펙트』 등이 있다.

INTRIGO
디어 아그네스
DEAR AGNES

초판 1쇄 인쇄 | 2019년 5월 10일
초판 1쇄 발행 | 2019년 5월 25일

지은이 | 호칸 네세르
옮긴이 | 김진아

발행인 | 김남석
발행처 | ㈜대원사
주　소 | 06342 서울시 강남구 양재대로 55길 37, 302
전　화 | (02)757-6711, 6717~9
팩시밀리 | (02)775-8043
등록번호 | 제3-191호
홈페이지 | http://www.daewonsa.co.kr

한국어판 출판권 ⓒ 대원사, 2019

Daewonsa Publishing Co., Ltd
Printed in Korea 2019

ISBN | 978-89-369-2109-5

이 책의 국립중앙도서관 출판시 도서목록(CIP)은
e-CIP홈페이지(http://www.nl.go.kr/ecip)에서 이용하실 수 있습니다.
(CIP제어번호 : CIP2019015623)